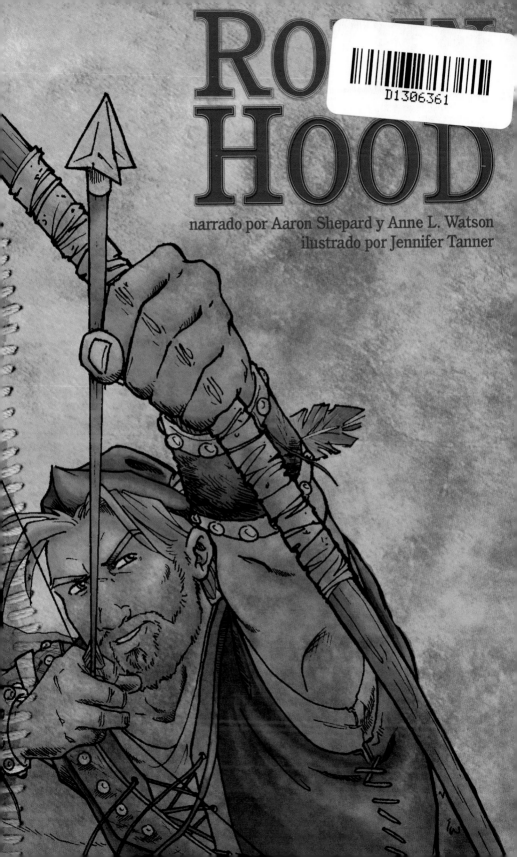

# ROBIN HOOD

narrado por Aaron Shepard y Anne L. Watson
ilustrado por Jennifer Tanner

Graphic Revolve es publicado por Stone Arch Books
A Capstone Imprint
1710 Roe Crest Drive
North Mankato, Minnesota 56003
*www.capstonepub.com*

*Librería del Congreso Catalogando Data en Publicación*
Shepard, Aaron.
    [Robin Hood. Spanish]
    Robin Hood / retold by Aaron Shepard, retold by Anne L. Watson; illustrated by Jennifer
Tanner; translated by Sara Tobon.
    p. cm. — (Graphic Revolve en Español)
    ISBN 978-1-4342-1689-2 (library binding)
    ISBN 978-1-4342-2275-6 (softcover)
    1. Robin Hood (Legendary character)—Legends. 2. Graphic novels. [1. Graphic novels.
2. Robin Hood (Legendary character)—Legends. 3. Folklore—England. 4. Spanish language
materials.] I. Watson, Anne L. II. Tanner, Jennifer, ill. III. Tobon, Sara. IV. Robin Hood
(Legend) V. Title.
PZ74.1.S4 2010
[398.2]—dc22                                                                2009014195

Resumen: Robin Hood y su grupo de bandidos son los héroes del Bosque de Sherwood.
Quitándole a los ricos y dándole a los pobres, Robin Hood y sus seguidores leales luchan por
los oprimidos y contra el malvado Alguacil de Nottingham.

**Créditos**
Director Creativo: Heather Kindseth
Diseñador Gráfico: Kay Fraser
Traducción del Inglés: Sara Tobon

Impreso en los Estados Unidos de América. North Mankato, Minnesota

# Tabla de
# Contenidos

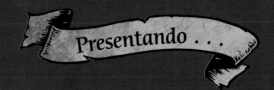

# Presentando . . .

**Robin Hood**
*un joven y audaz bandido*

**Marian**
*el amor de Robin*

**Will Scarlet**
*el primo de Robin*

**Pequeño Juan**
*la mano derecha de Robin*

**Eduardo y Sir Stephan**
*el padre de Eleanor y su novio escogido*

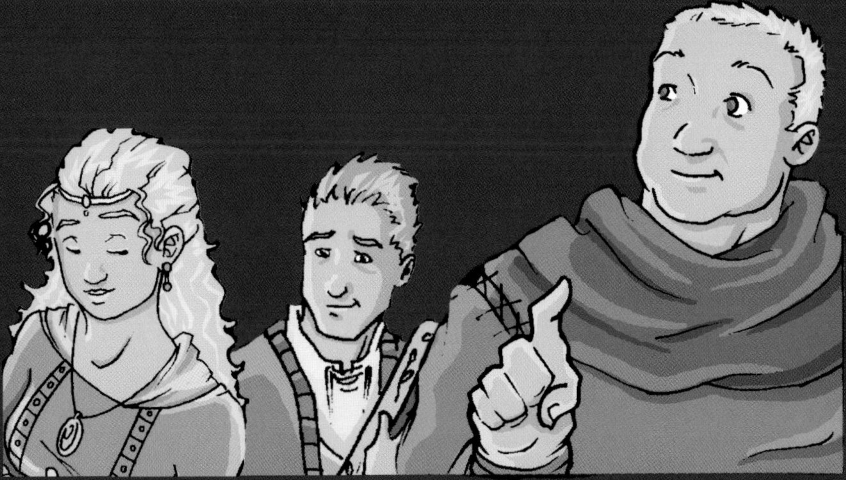

Eleanor y Alan-a-Dale
*un trovador errante y su amor*

Fraile Tuck
*un monje errante*

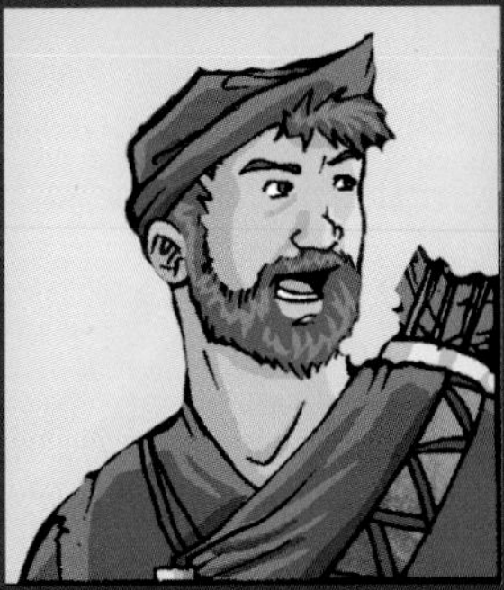

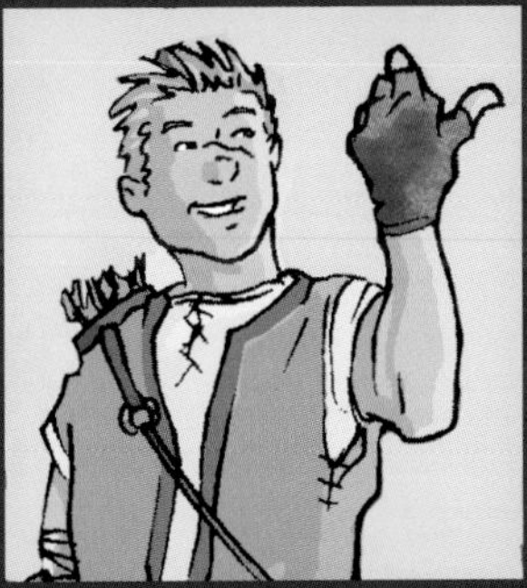

David de Doncaster y Will Stutely
*otros hombres de la banda de Robin*

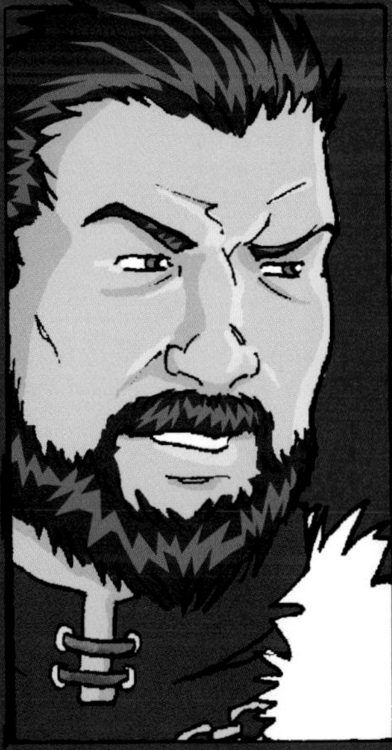

Alguacil de Nottingham
*un noble que impone la ley y cobra los impuestos*

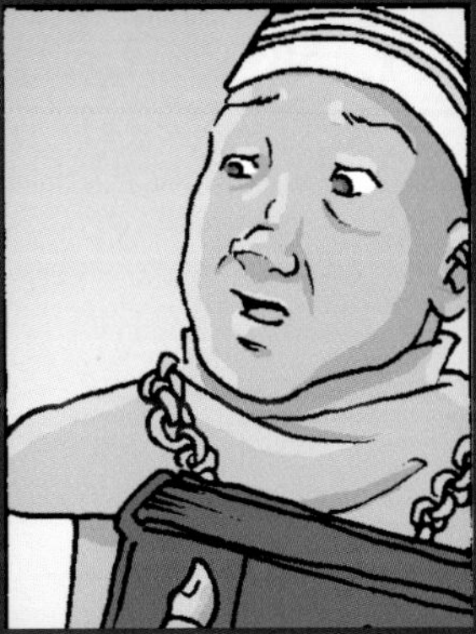

Obispo de Hereford
*un hombre de la Iglesia*

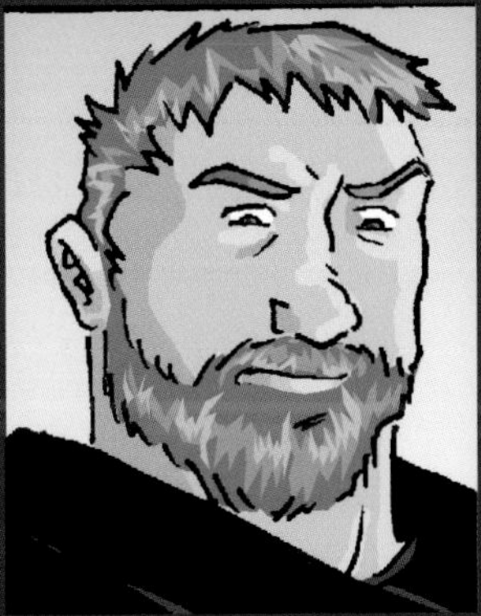

Rey Ricardo
*gobernante de Inglaterra desde 1189 a 1199*

# Capítulo 1 - La Formación de un Bandido

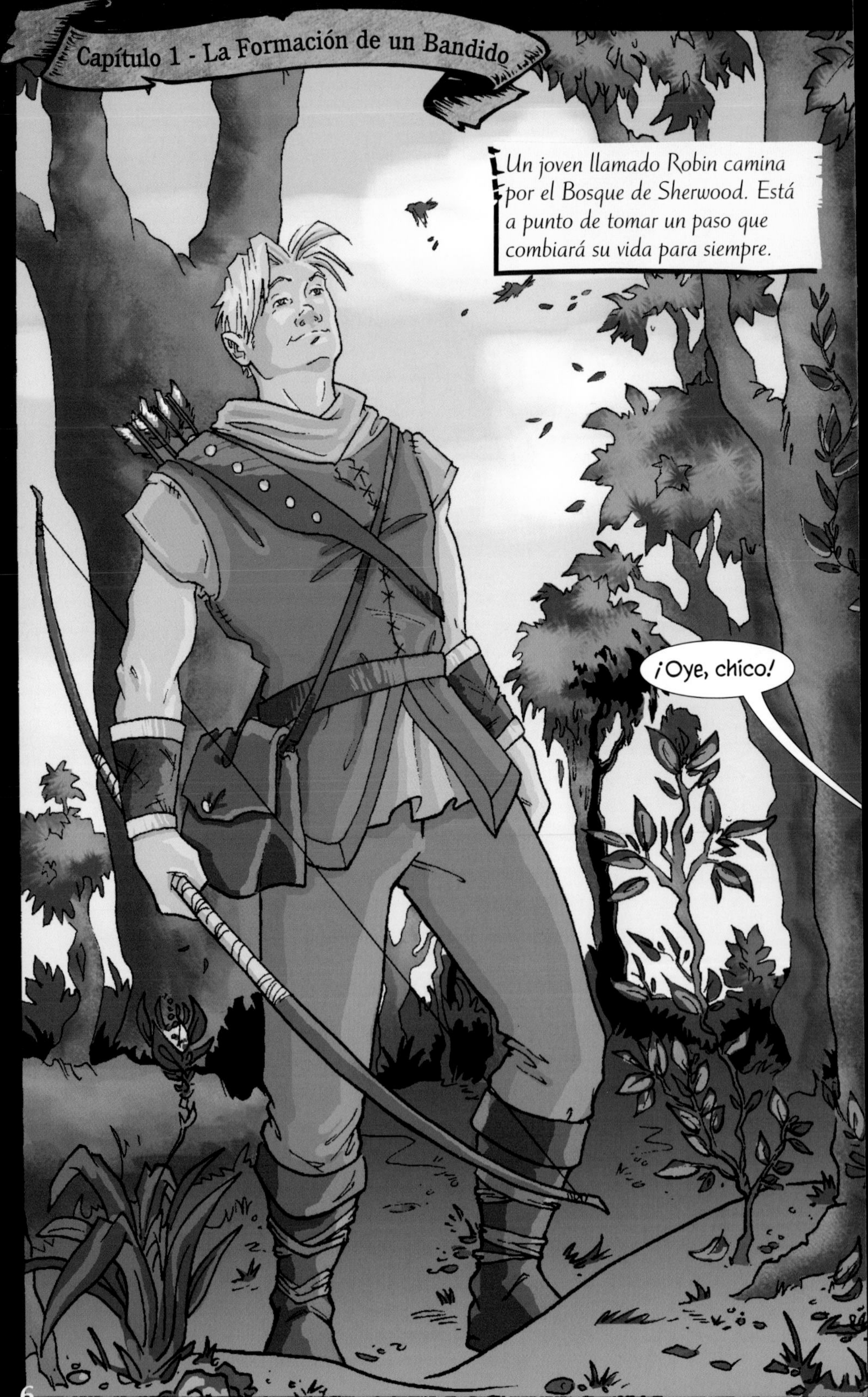
Un joven llamado Robin camina por el Bosque de Sherwood. Está a punto de tomar un paso que combiará su vida para siempre.
¡Oye, chico!

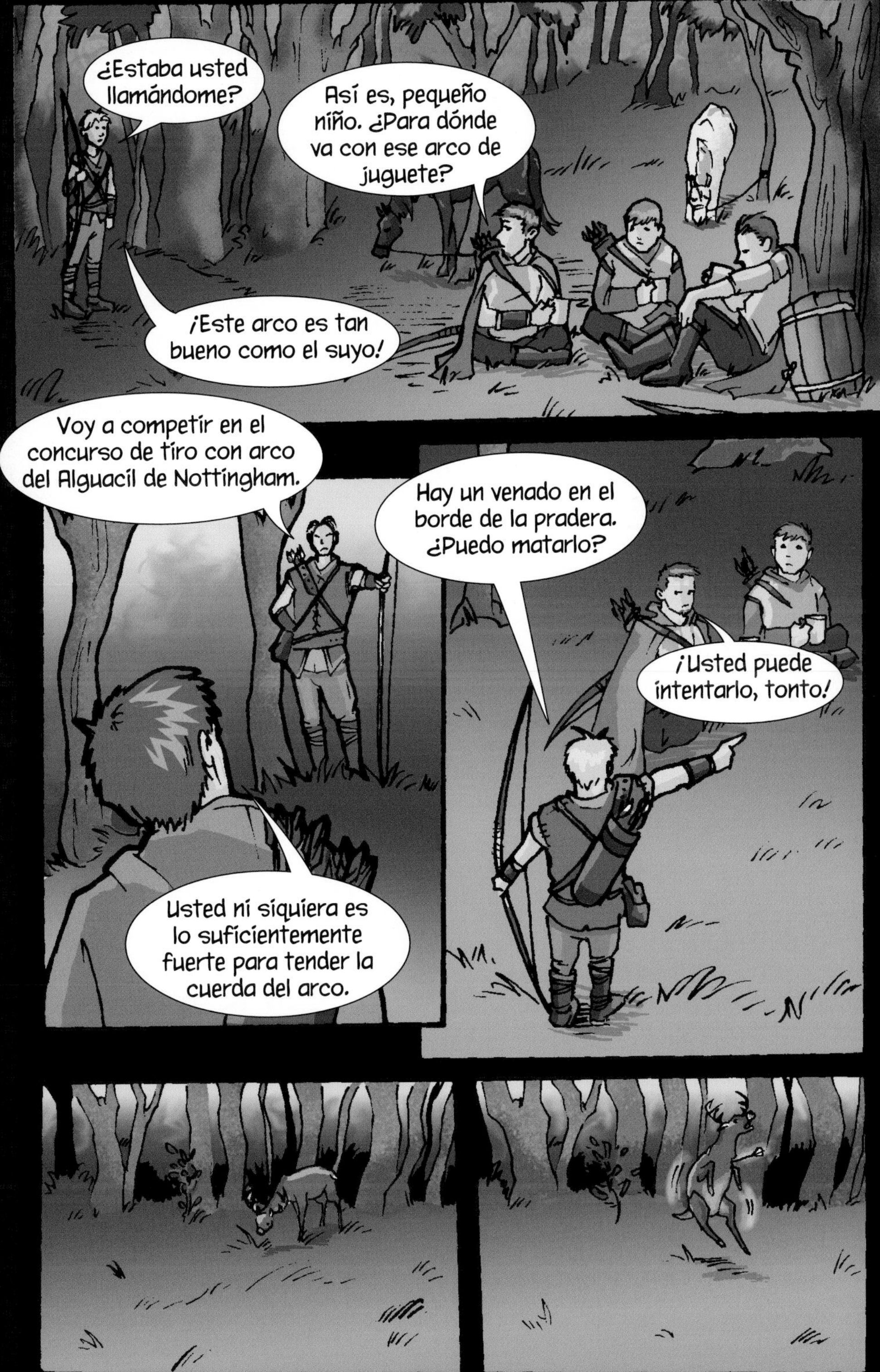
¿Estaba usted llamándome?
Así es, pequeño niño. ¿Para dónde va con ese arco de juguete?
¡Este arco es tan bueno como el suyo!
Voy a competir en el concurso de tiro con arco del Alguacil de Nottingham.
Usted ni siquiera es lo suficientemente fuerte para tender la cuerda del arco.
Hay un venado en el borde de la pradera. ¿Puedo matarlo?
¡Usted puede intentarlo, tonto!

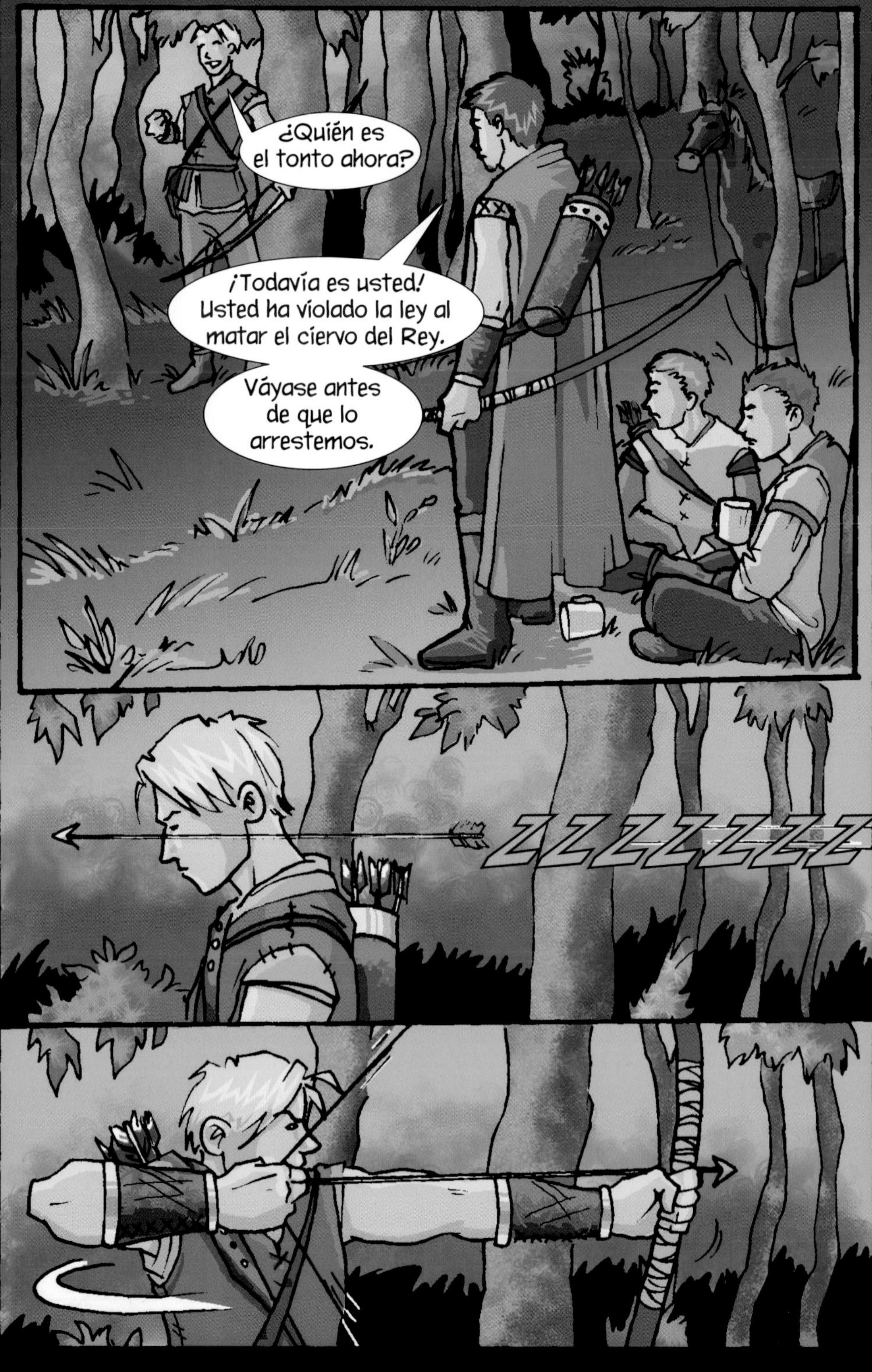
¿Quién es el tonto ahora?
¡Todavía es usted! Usted ha violado la ley al matar el ciervo del Rey.
Váyase antes de que lo arrestemos.
ZZZZZZZZ

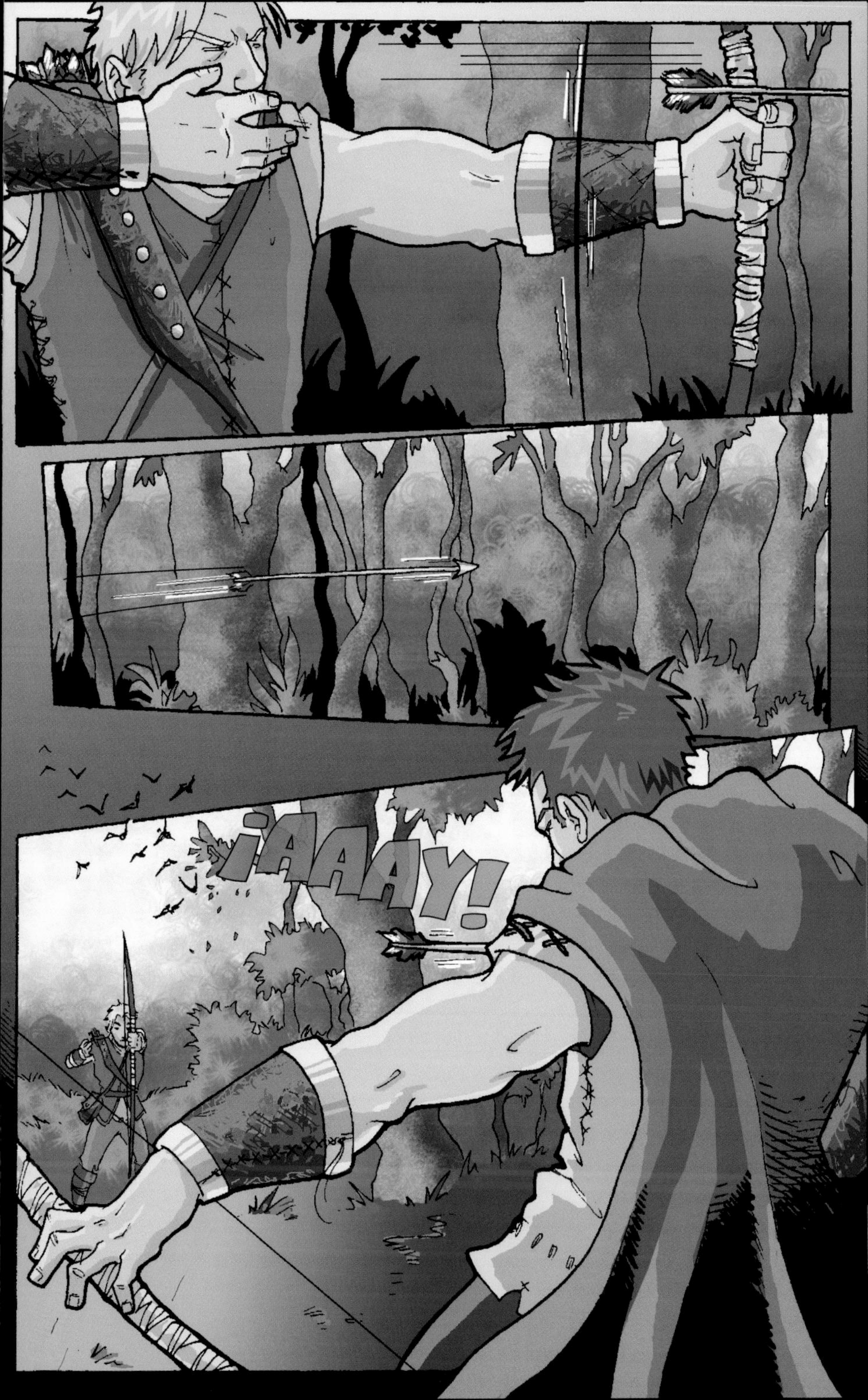
¡AAAY!

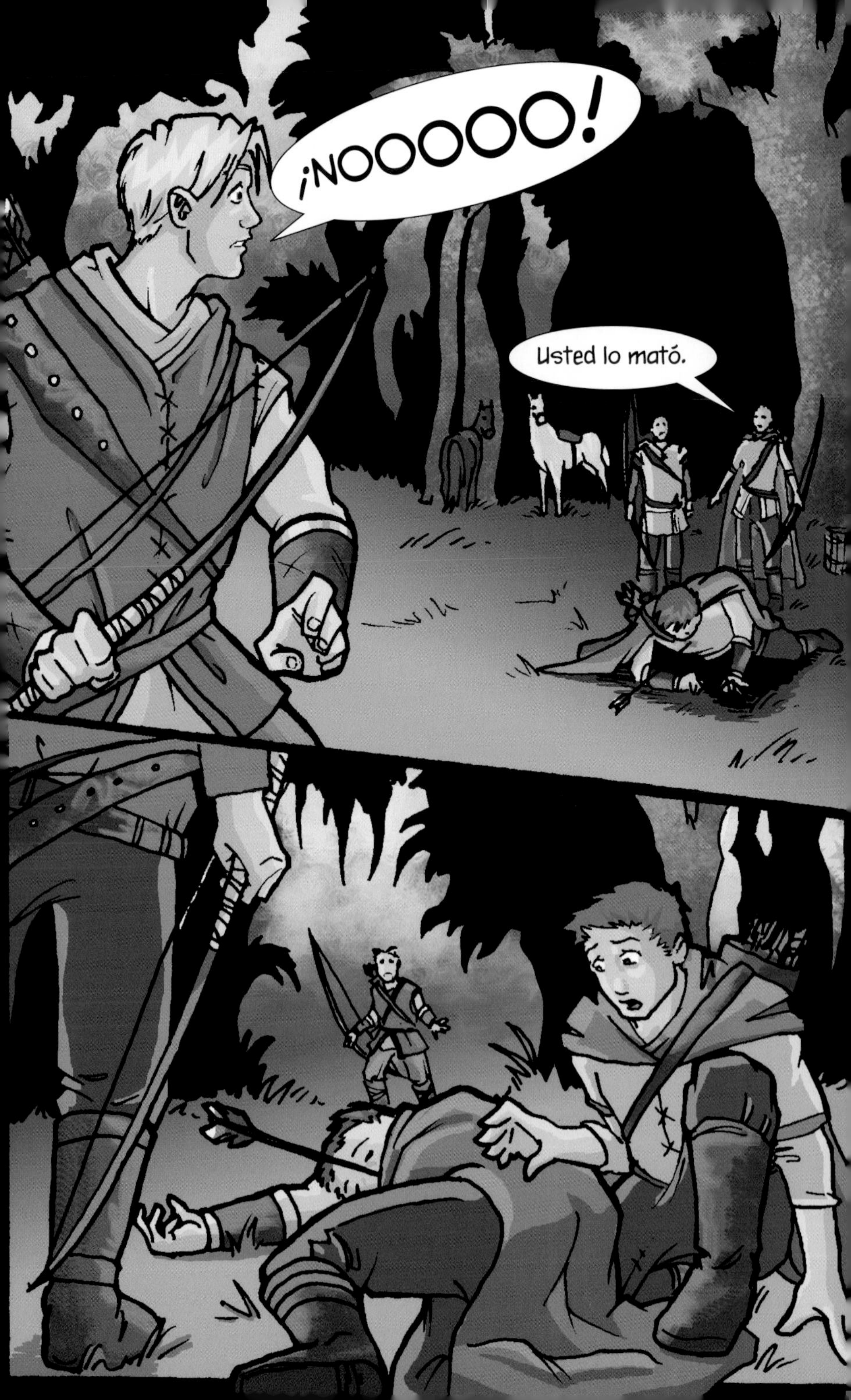
¡NOOOOO!
Usted lo mató.

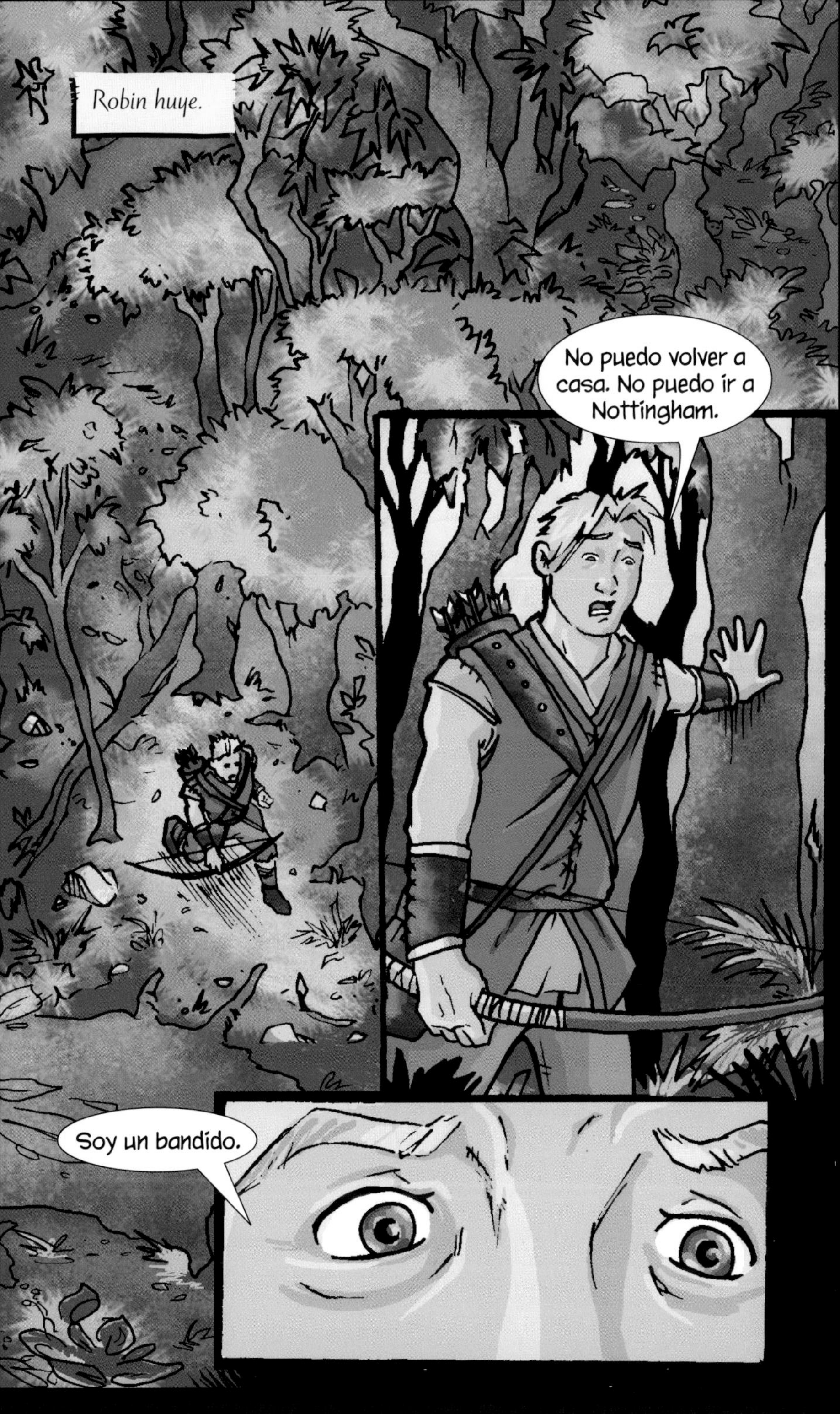
Robin huye.
No puedo volver a casa. No puedo ir a Nottingham.
Soy un bandido.

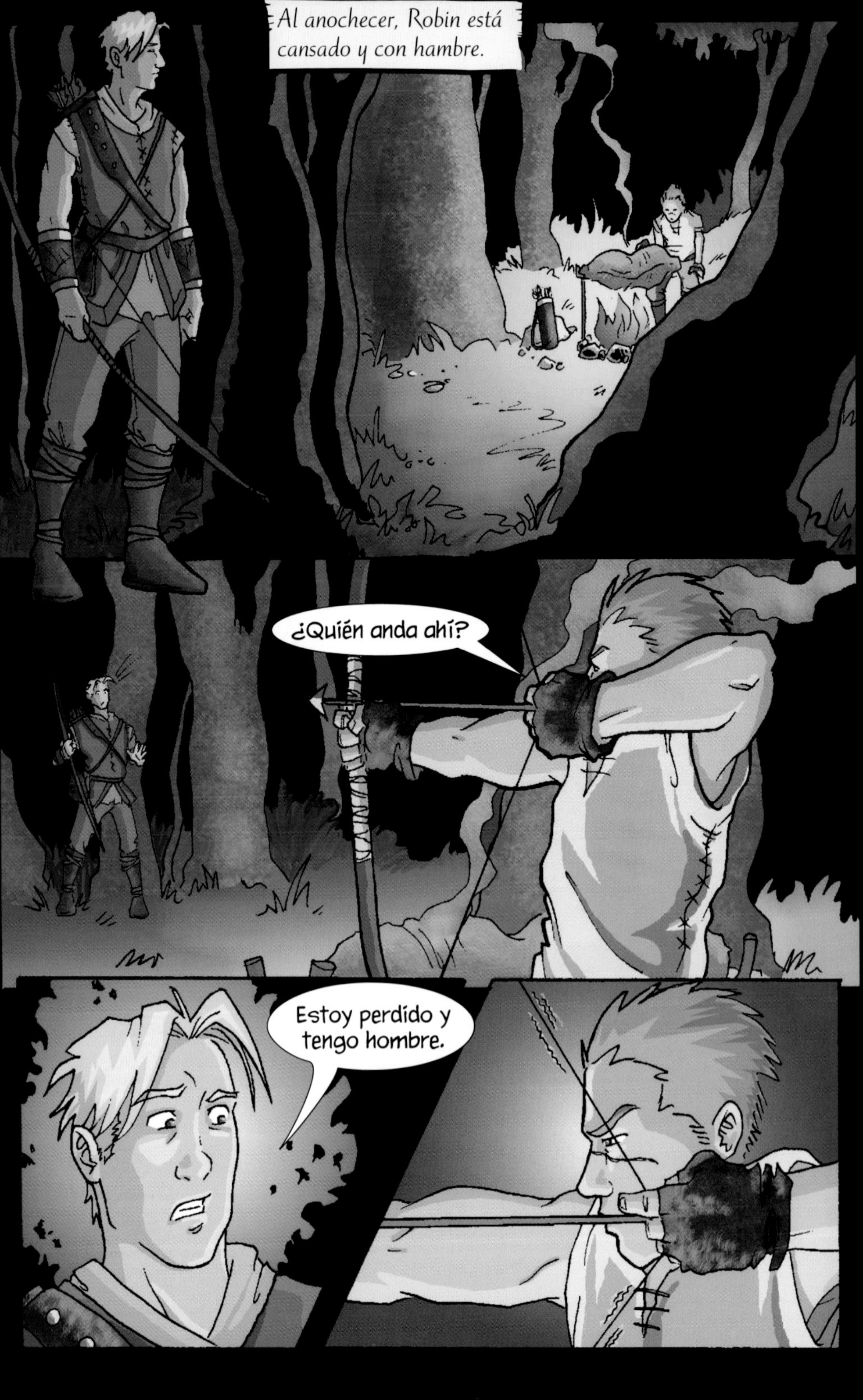
Al anochecer, Robin está cansado y con hambre.
¿Quién anda ahí?
Estoy perdido y tengo hombre.

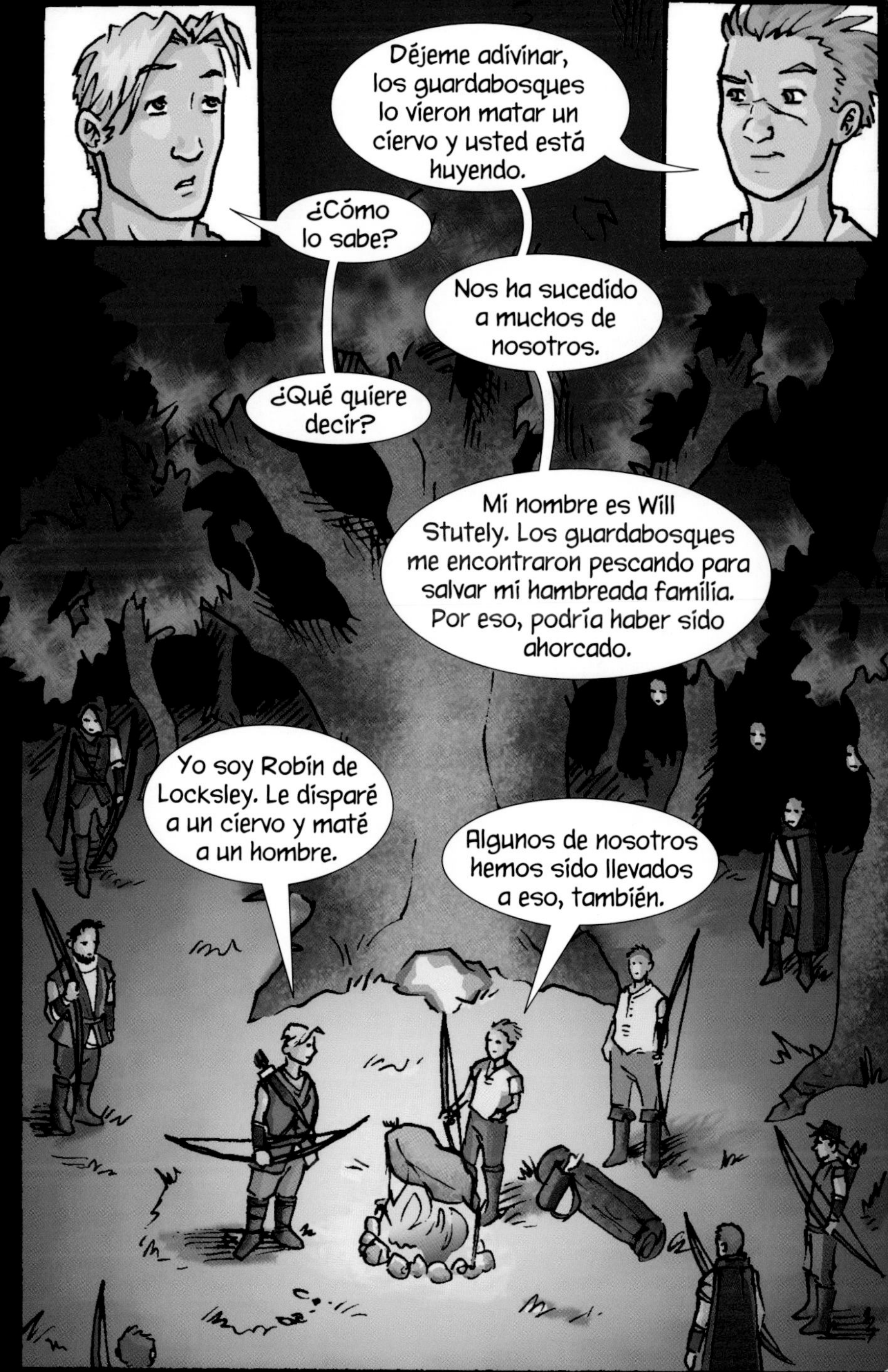
Déjeme adivinar, los guardabosques lo vieron matar un ciervo y usted está huyendo.
¿Cómo lo sabe?
Nos ha sucedido a muchos de nosotros.
¿Qué quiere decir?
Mi nombre es Will Stutely. Los guardabosques me encontraron pescando para salvar mi hambreada familia. Por eso, podría haber sido ahorcado.
Yo soy Robin de Locksley. Le disparé a un ciervo y maté a un hombre.
Algunos de nosotros hemos sido llevados a eso, también.

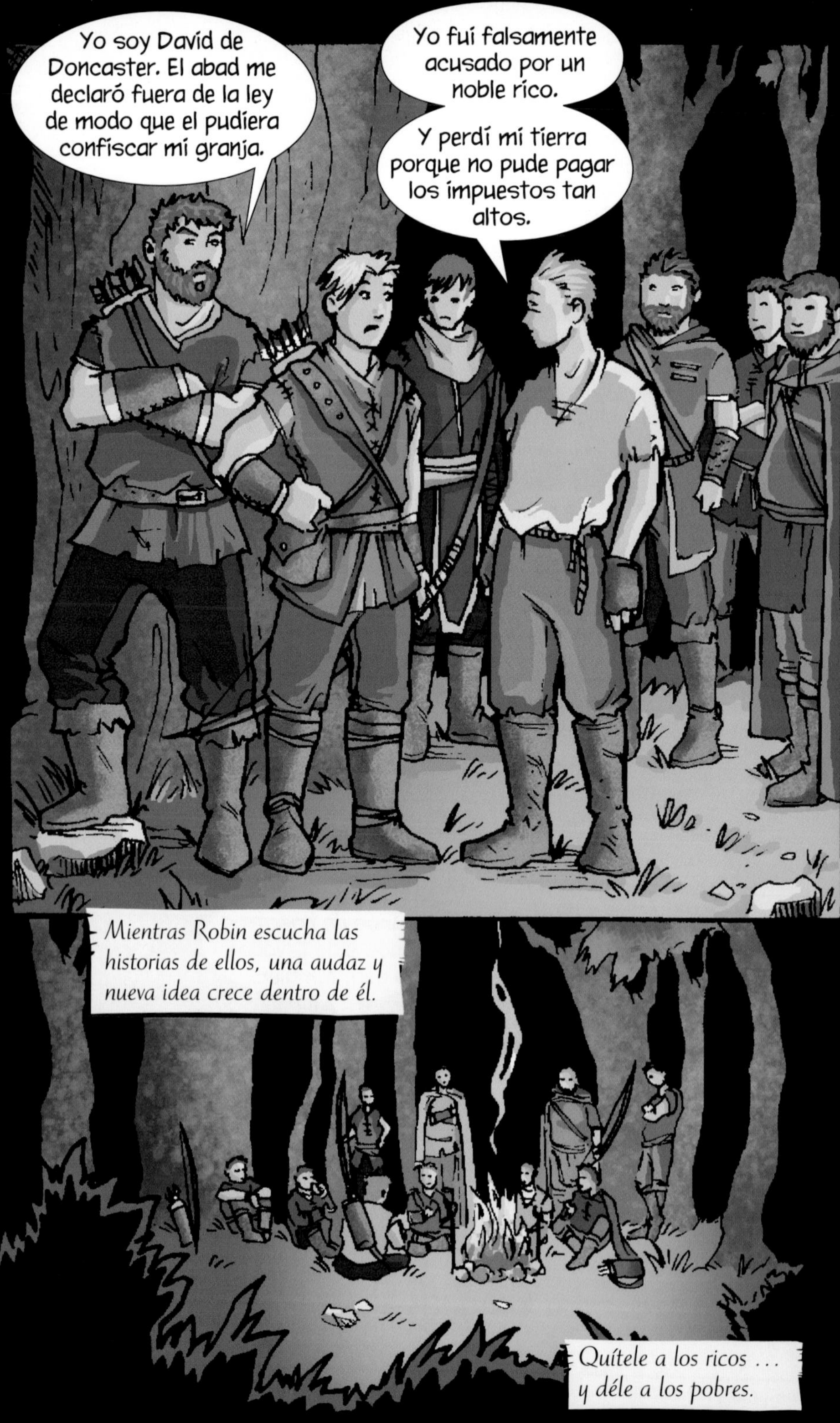
Yo soy David de Doncaster. El abad me declaró fuera de la ley de modo que el pudiera confiscar mi granja.
Yo fui falsamente acusado por un noble rico.
Y perdí mi tierra porque no pude pagar los impuestos tan altos.
Mientras Robin escucha las historias de ellos, una audaz y nueva idea crece dentro de él.
Quítele a los ricos . . . y déle a los pobres.

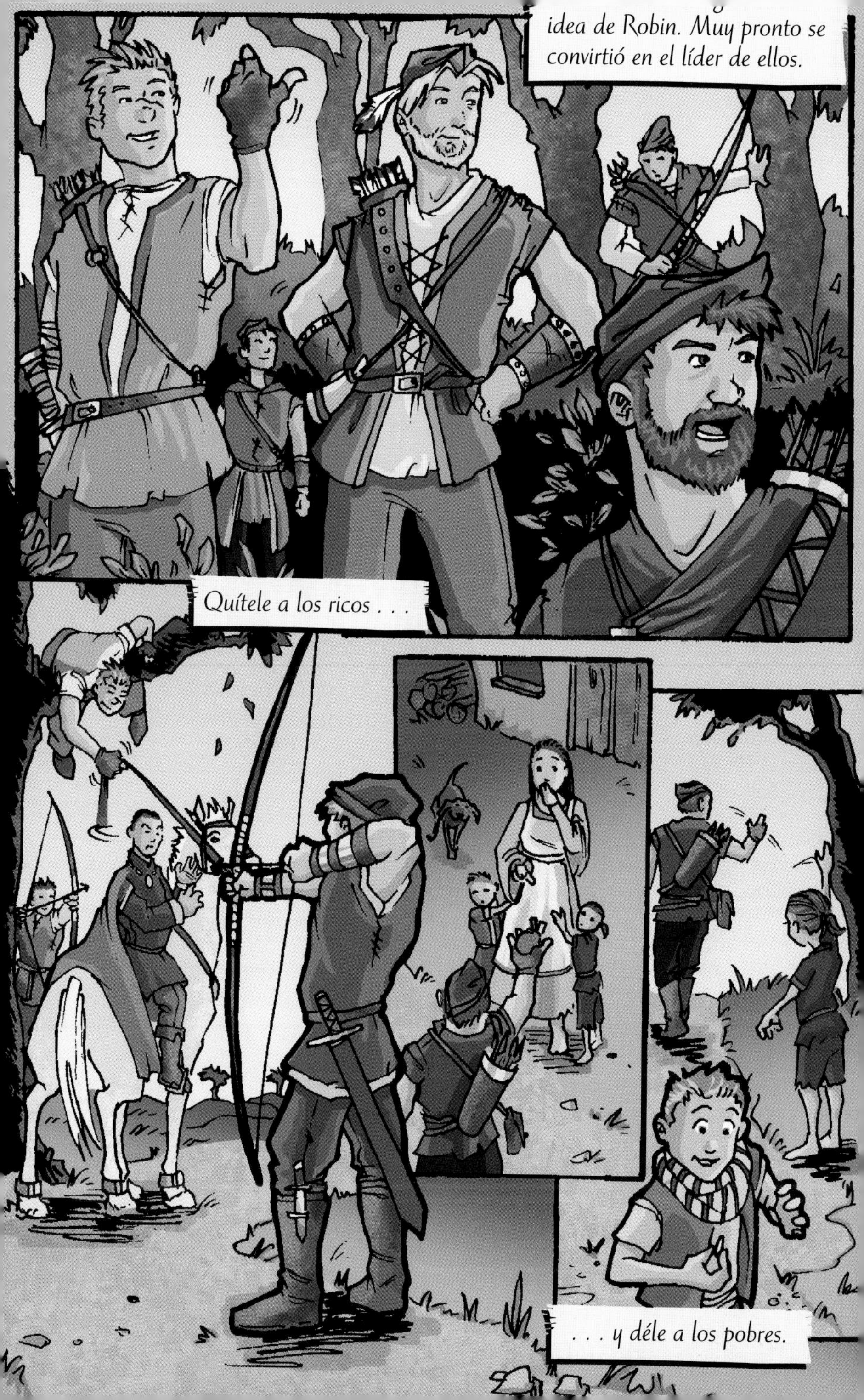
idea de Robin. Muy pronto se
convirtió en el líder de ellos.
Quítele a los ricos . . .
. . . y déle a los pobres.

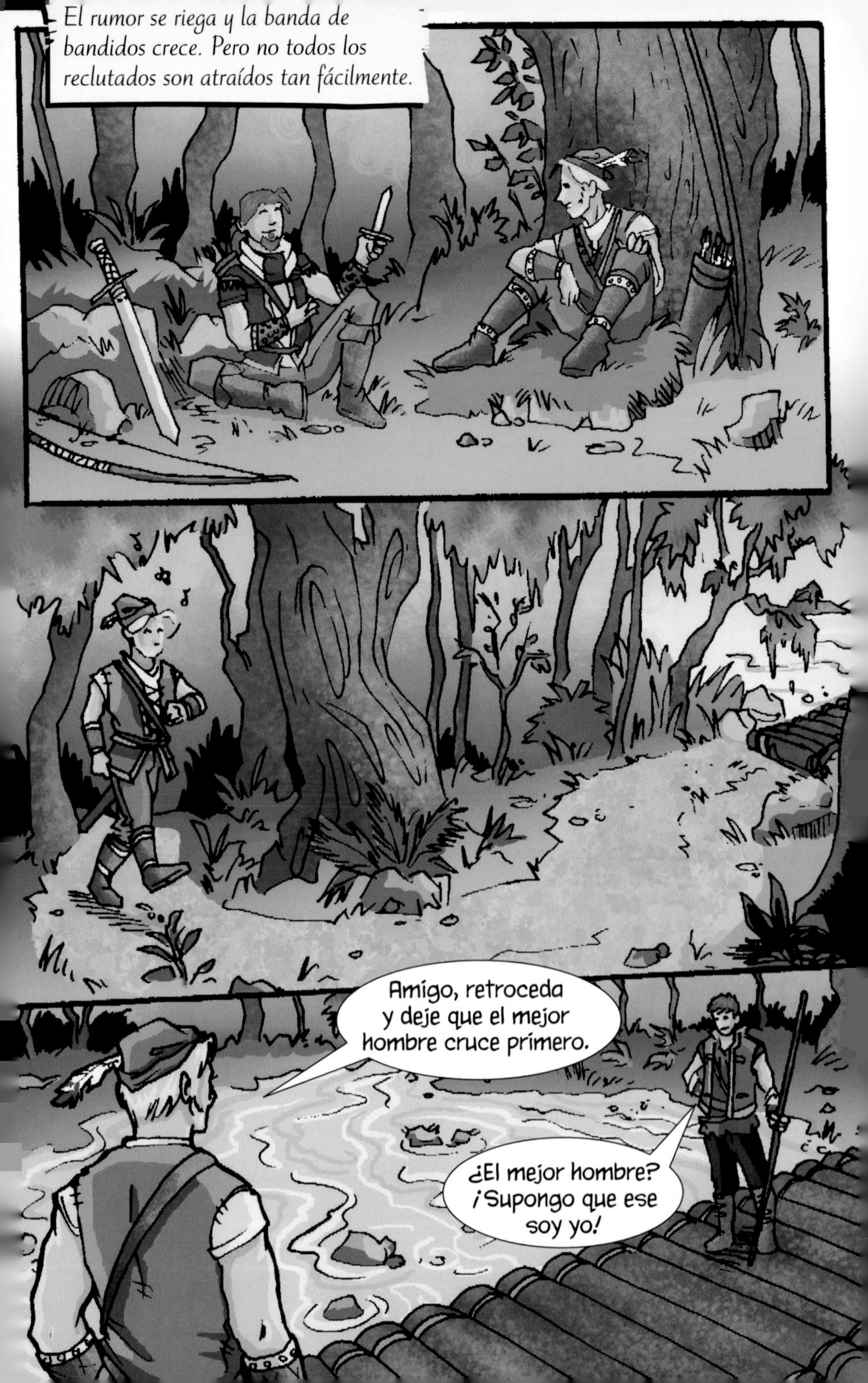
El rumor se riega y la banda de bandidos crece. Pero no todos los reclutados son atraídos tan fácilmente.
Amigo, retroceda y deje que el mejor hombre cruce primero.
¿El mejor hombre? ¡Supongo que ese soy yo!

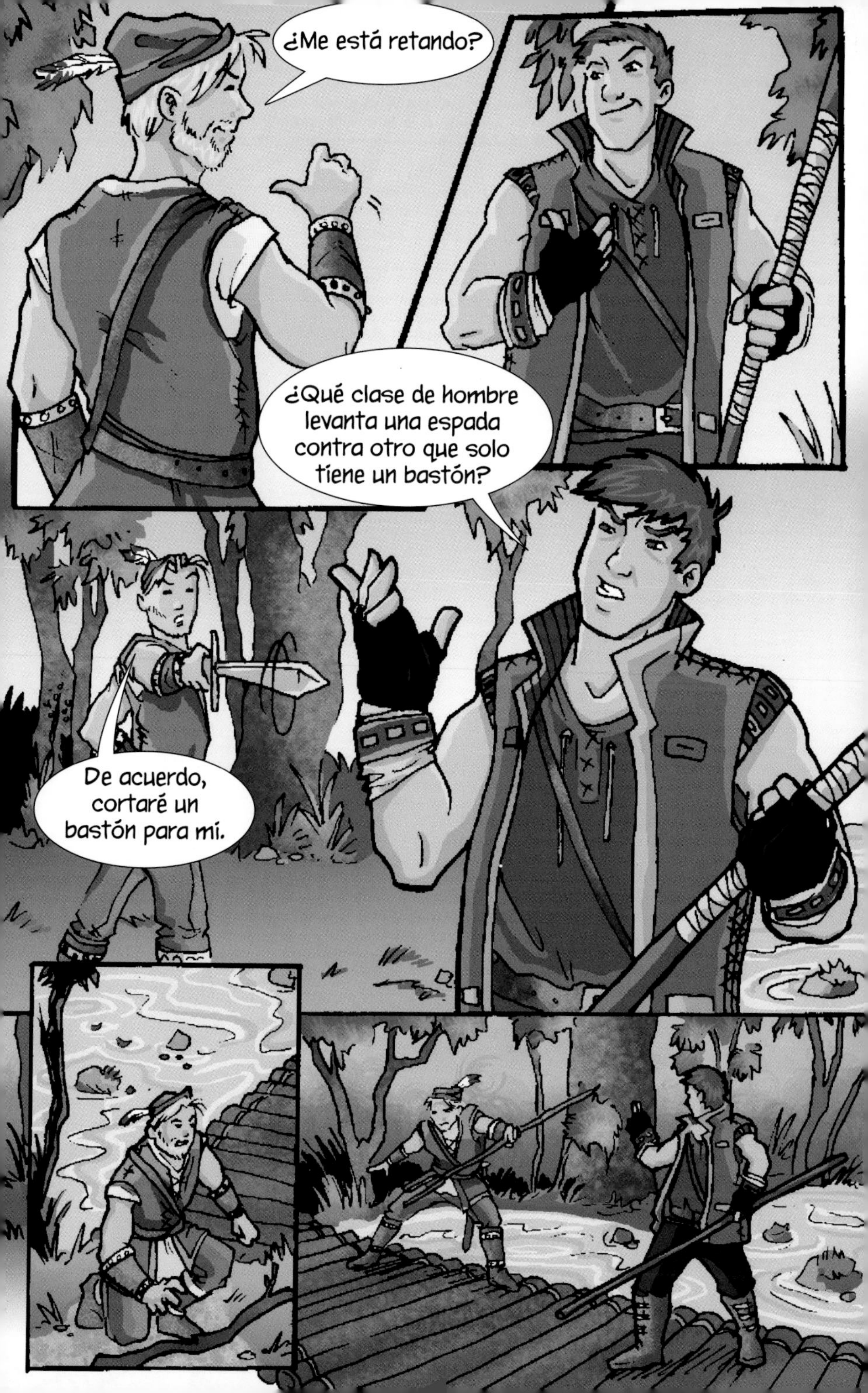
¿Me está retando?
¿Qué clase de hombre levanta una espada contra otro que solo tiene un bastón?
De acuerdo, cortaré un bastón para mí.

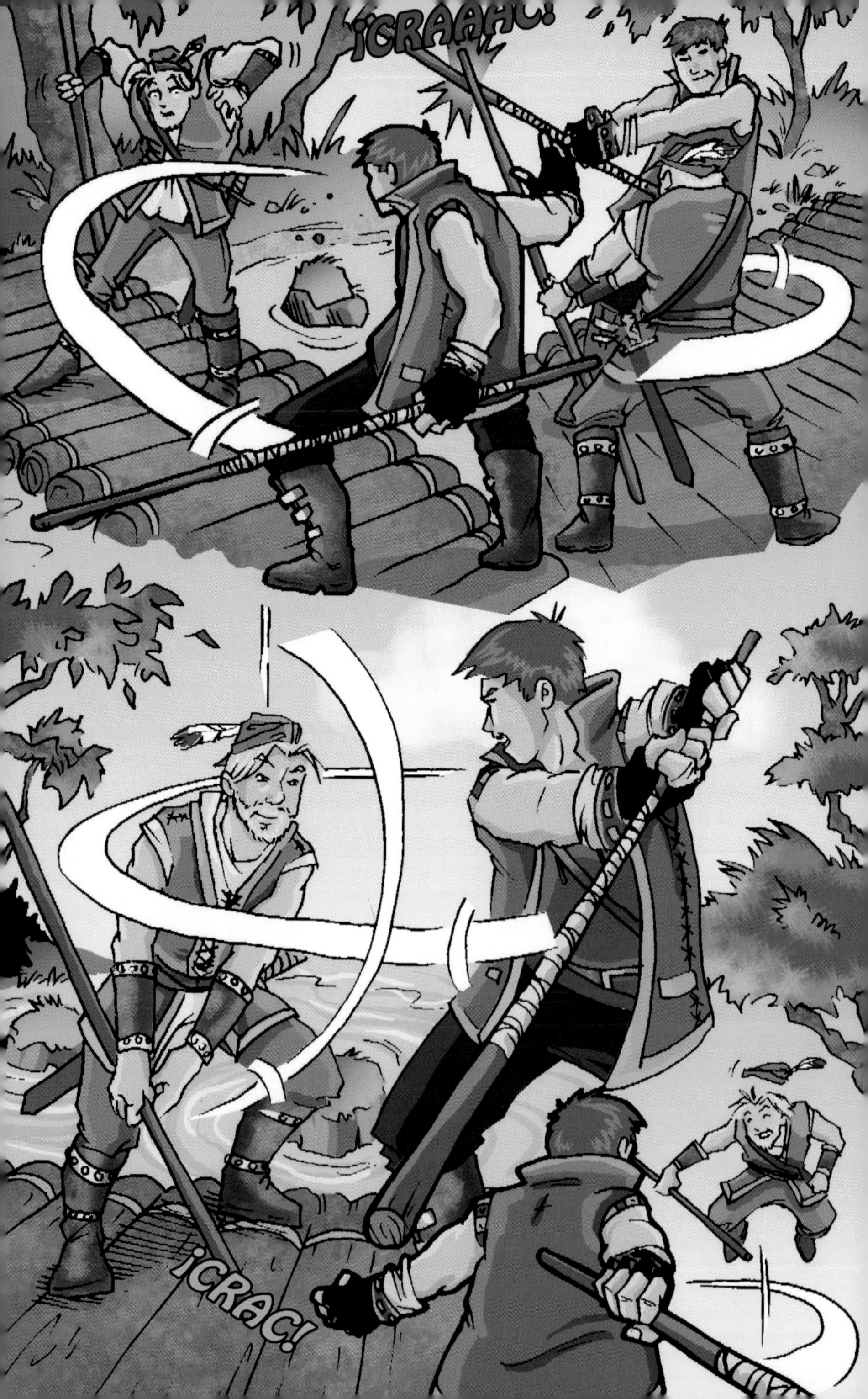
¡CRAAHC!
¡CRAC!

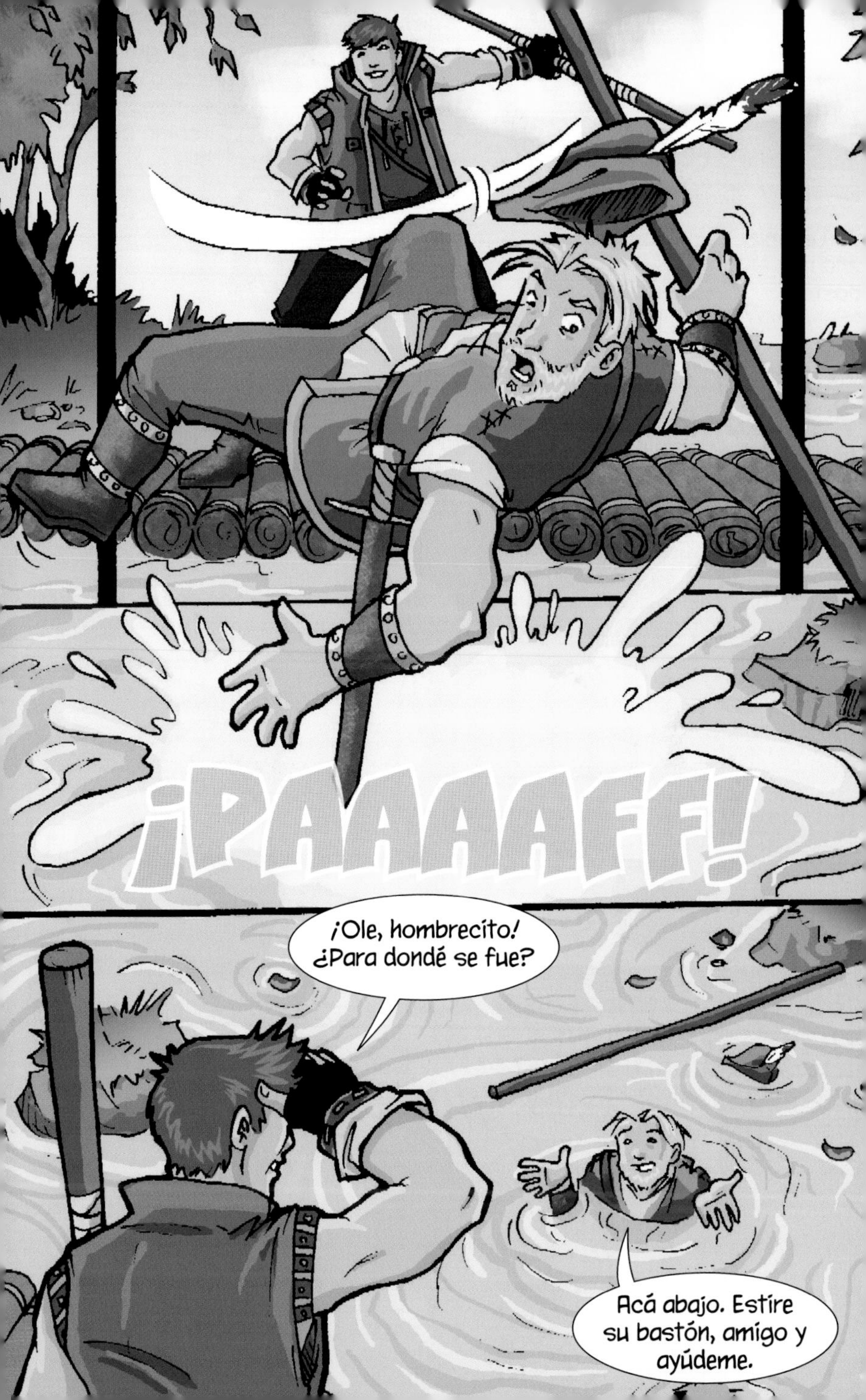
¡PAAAAFF!
¡Ole, hombrecito! ¿Para dondé se fue?
Acá abajo. Estire su bastón, amigo y ayúdeme.

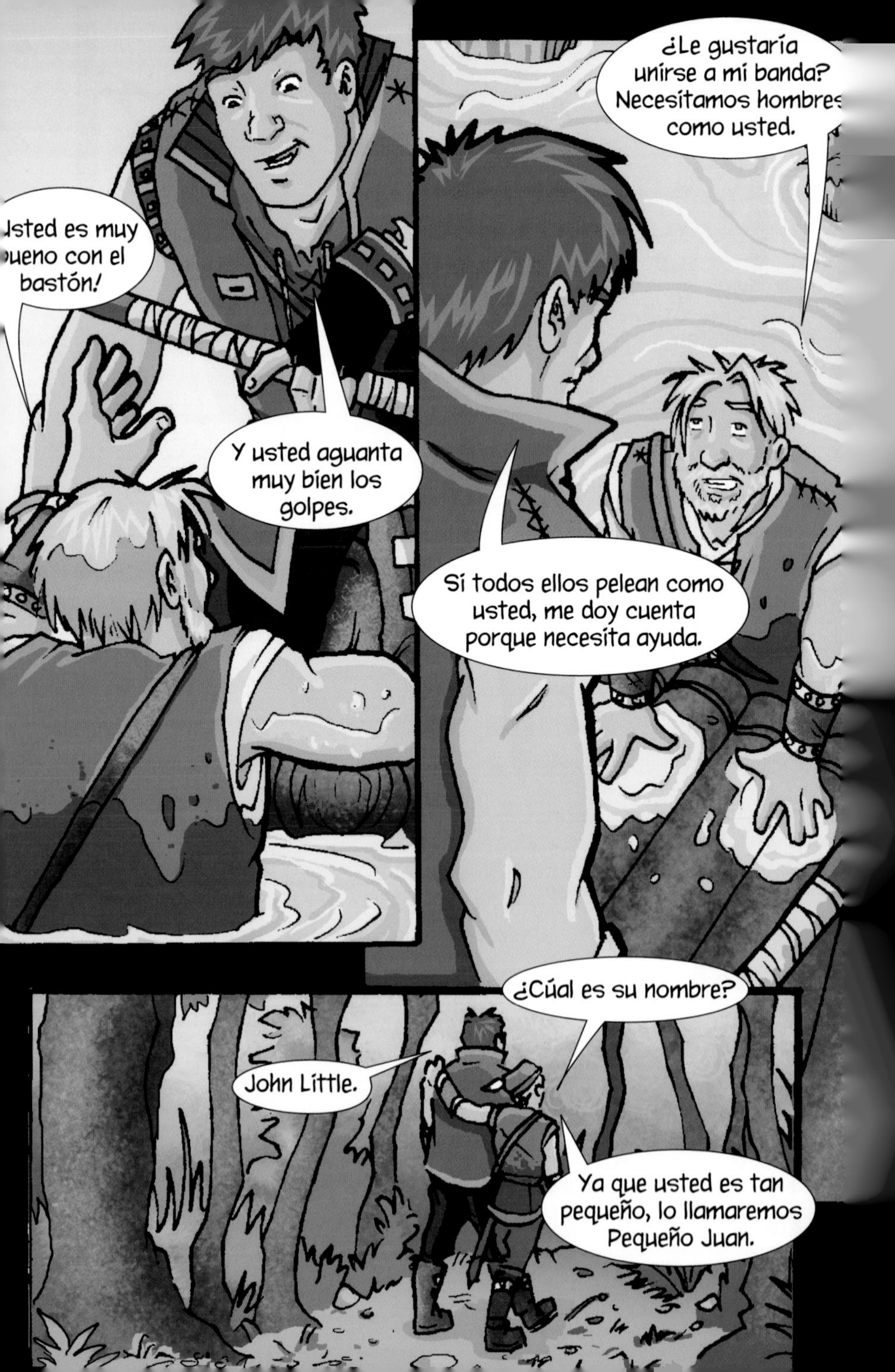

Usted es muy bueno con el bastón!
Y usted aguanta muy bien los golpes.
¿Le gustaría unirse a mi banda? Necesitamos hombres como usted.
Sí todos ellos pelean como usted, me doy cuenta porque necesita ayuda.
¿Cúal es su nombre?
John Little.
Ya que usted es tan pequeño, lo llamaremos Pequeño Juan.

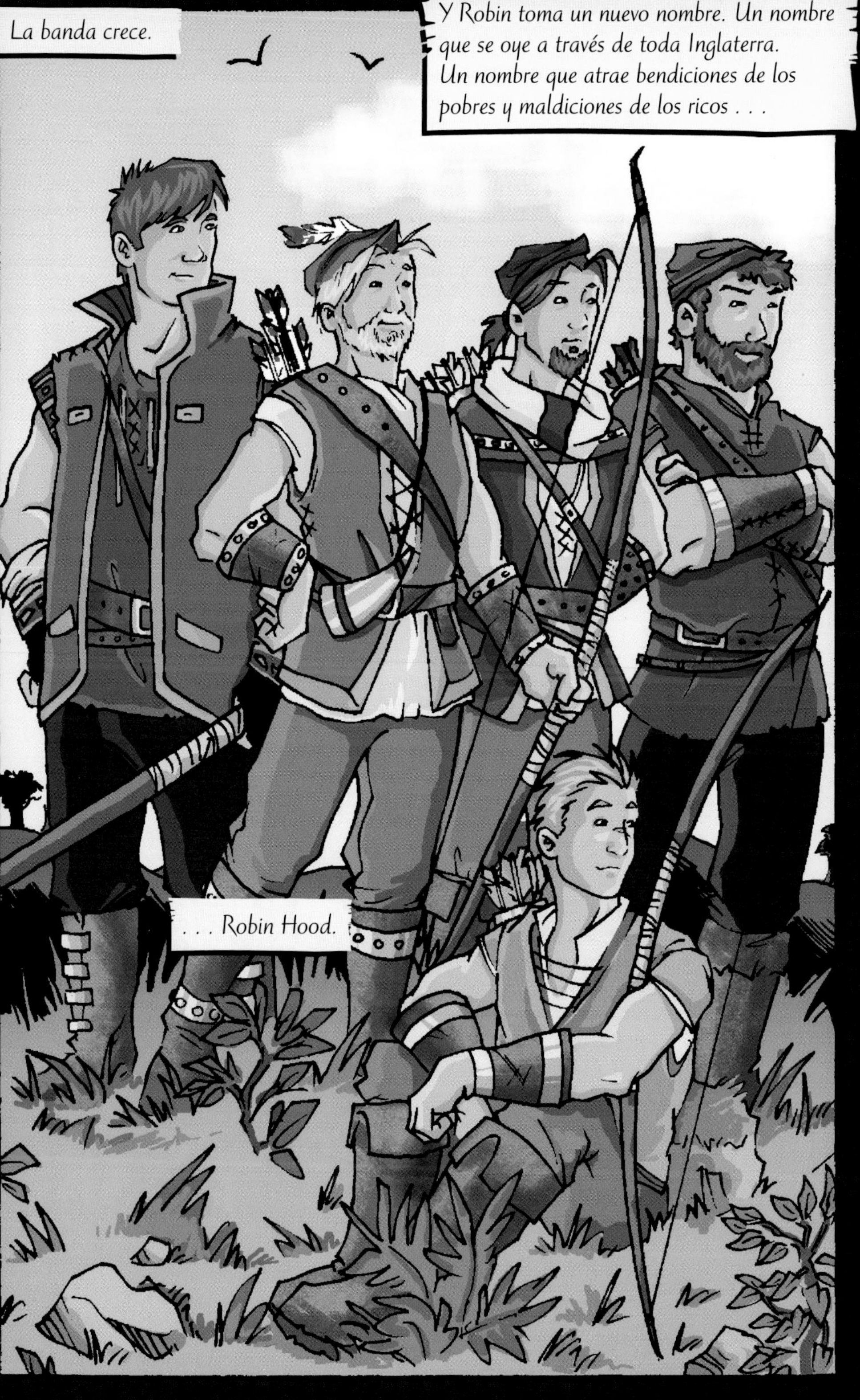
La banda crece.
Y Robin toma un nuevo nombre. Un nombre que se oye a través de toda Inglaterra. Un nombre que atrae bendiciones de los pobres y maldiciones de los ricos . . .
. . . Robin Hood.

# Capítulo 2 - Robin el Casamentero

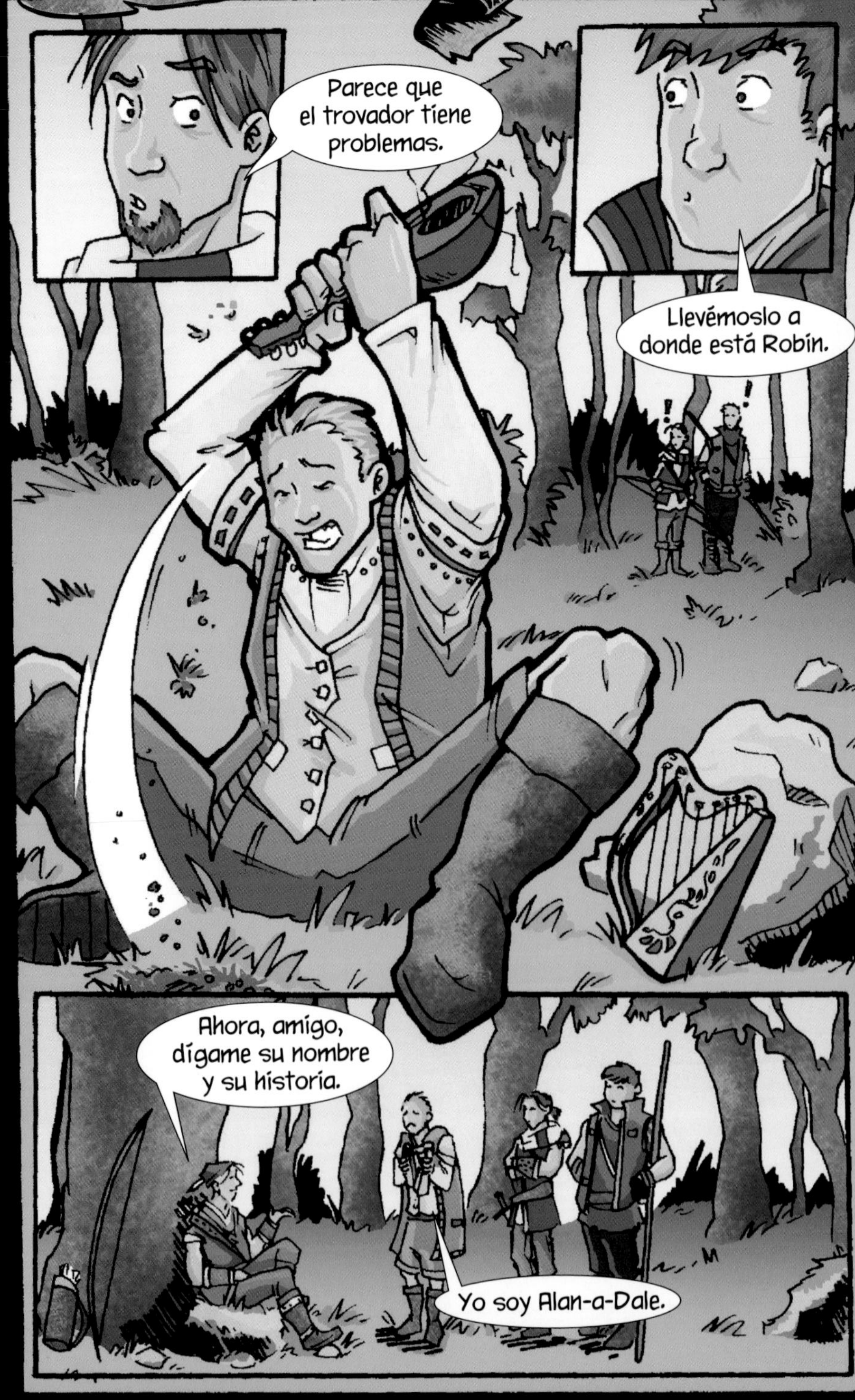

Parece que el trovador tiene problemas.
Llevémoslo a donde está Robin.
Ahora, amigo, dígame su nombre y su historia.
Yo soy Alan-a-Dale.

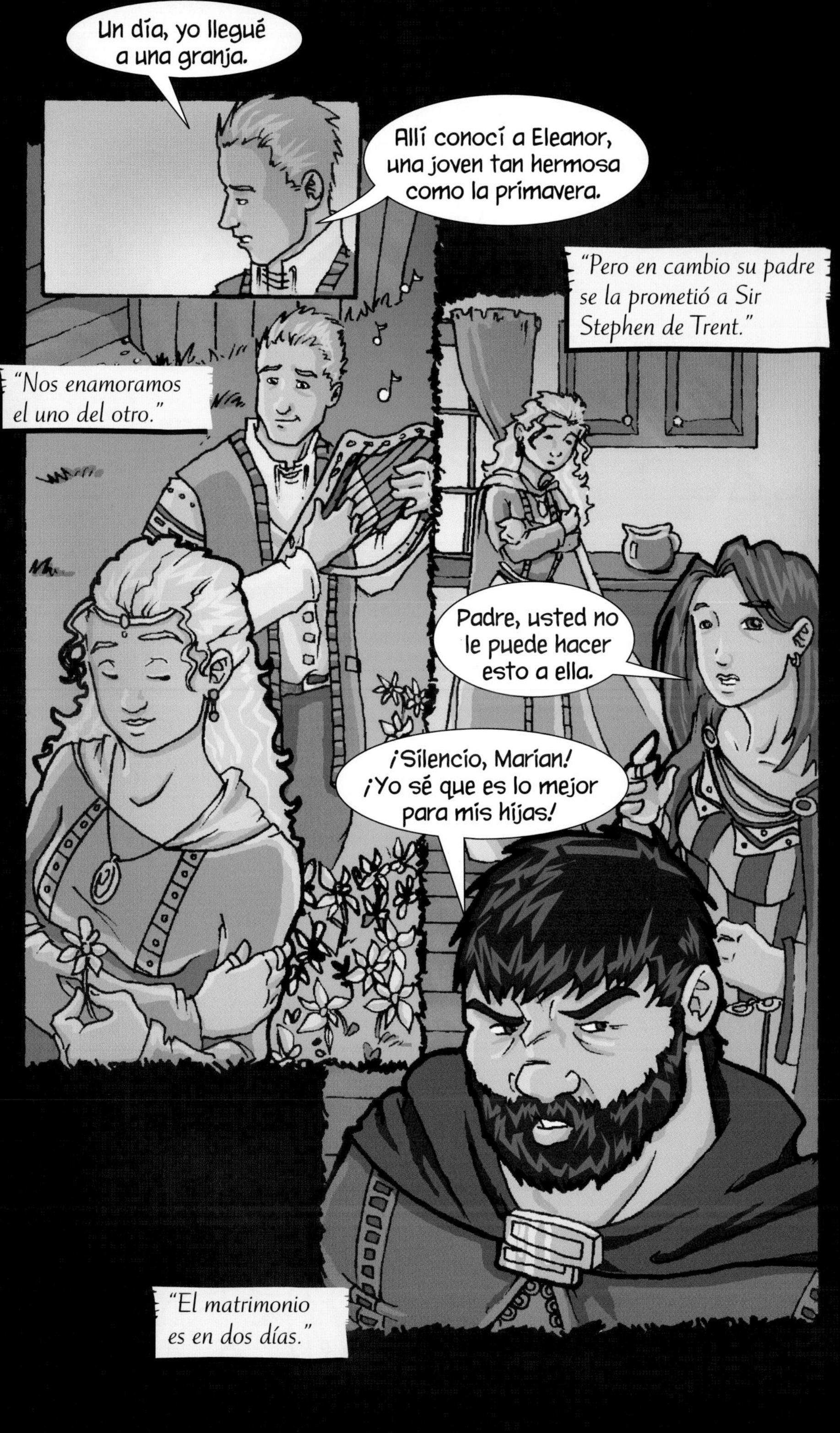

Un día, yo llegué a una granja.
Allí conocí a Eleanor, una joven tan hermosa como la primavera.
"Nos enamoramos el uno del otro."
"Pero en cambio su padre se la prometió a Sir Stephen de Trent."
Padre, usted no le puede hacer esto a ella.
¡Silencio, Marian! ¡Yo sé que es lo mejor para mis hijas!
"El matrimonio es en dos días."

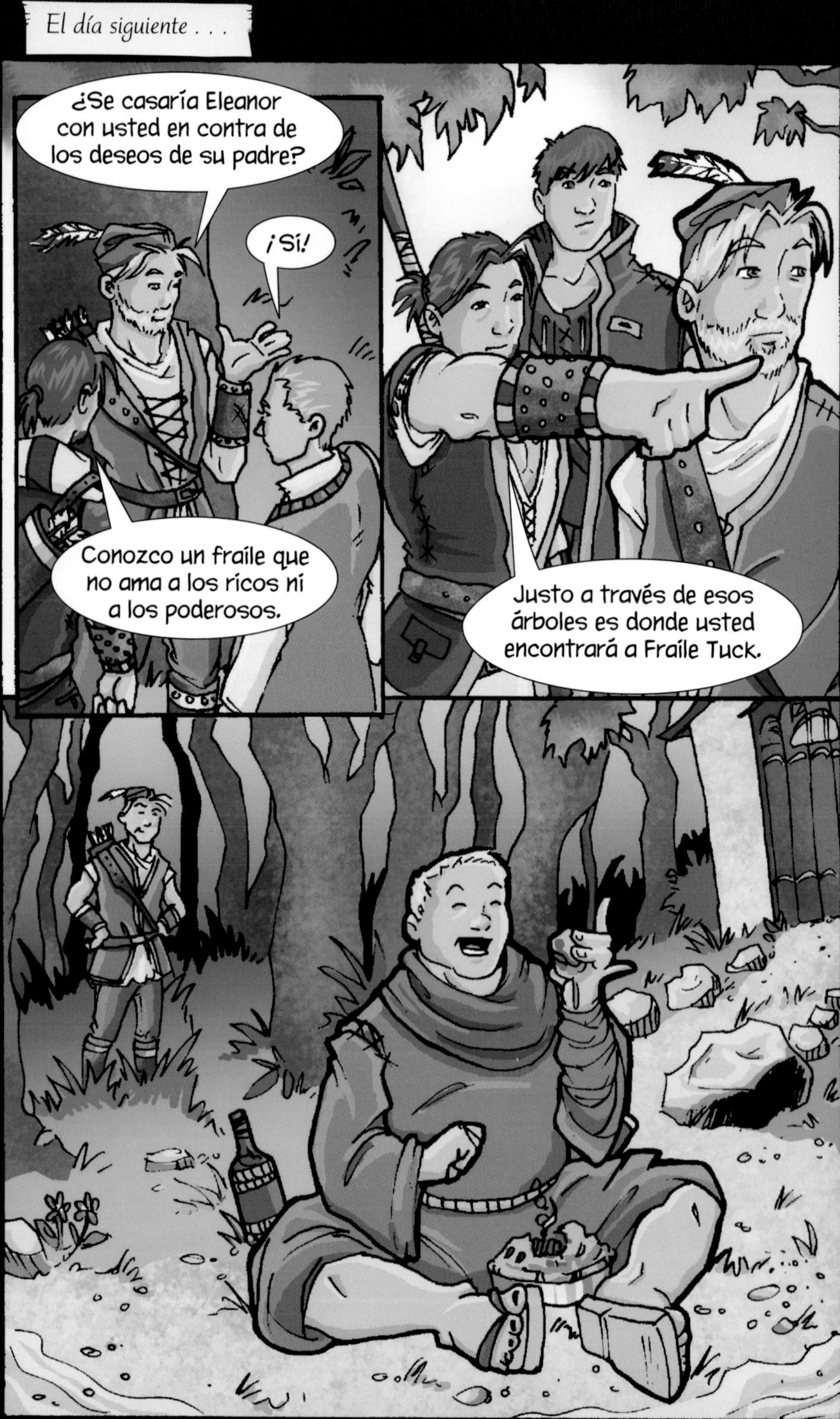
El día siguiente . . .
¿Se casaría Eleanor con usted en contra de los deseos de su padre?
¡Sí!
Conozco un fraile que no ama a los ricos ni a los poderosos.
Justo a través de esos árboles es donde usted encontrará a Fraile Tuck.

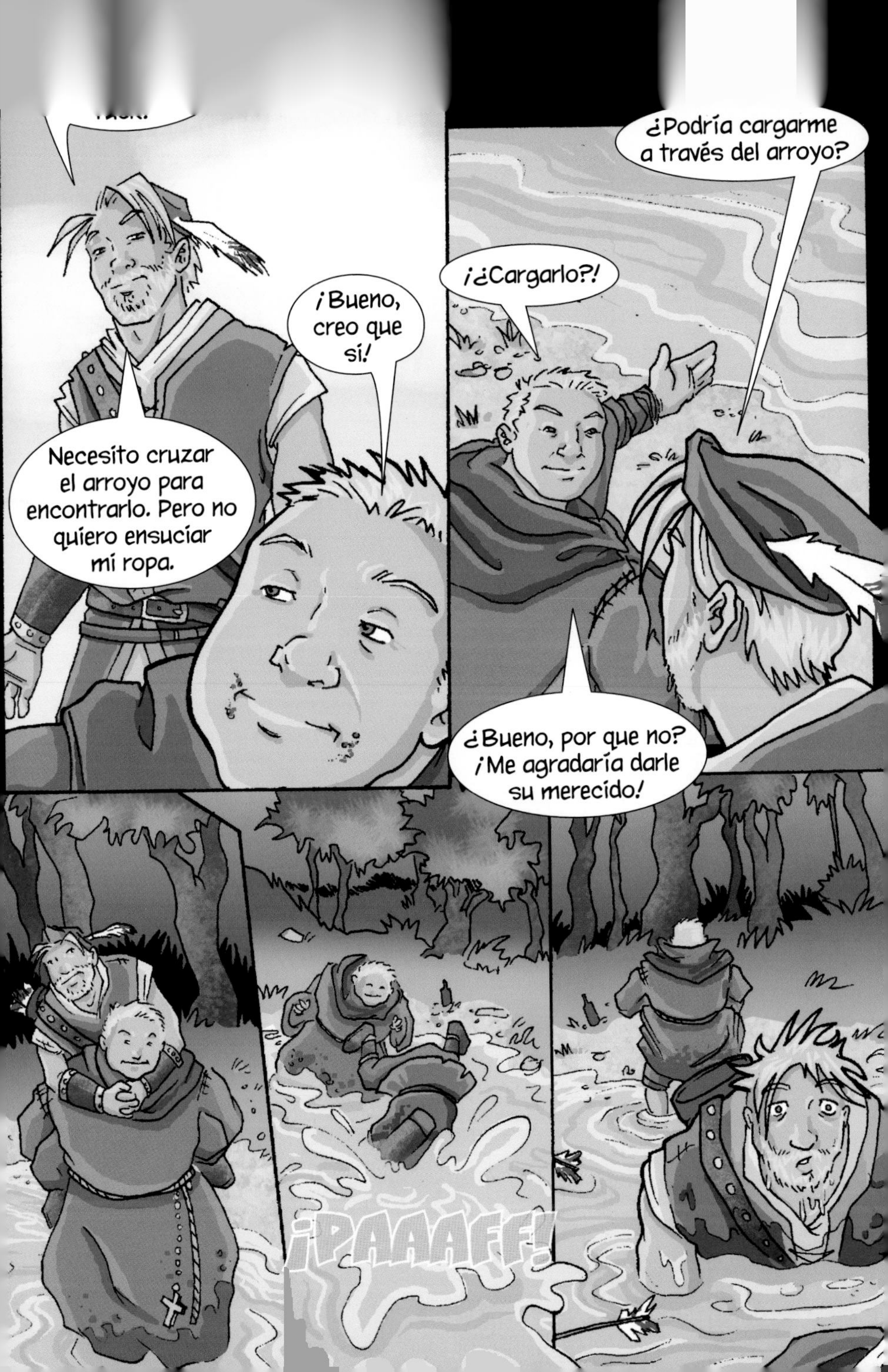
Necesito cruzar el arroyo para encontrarlo. Pero no quiero ensuciar mi ropa.
¡Bueno, creo que sí!
¿Podría cargarme a través del arroyo?
¡¿Cargarlo?!
¿Bueno, por que no? ¡Me agradaría darle su merecido!
¡PAAAFF!

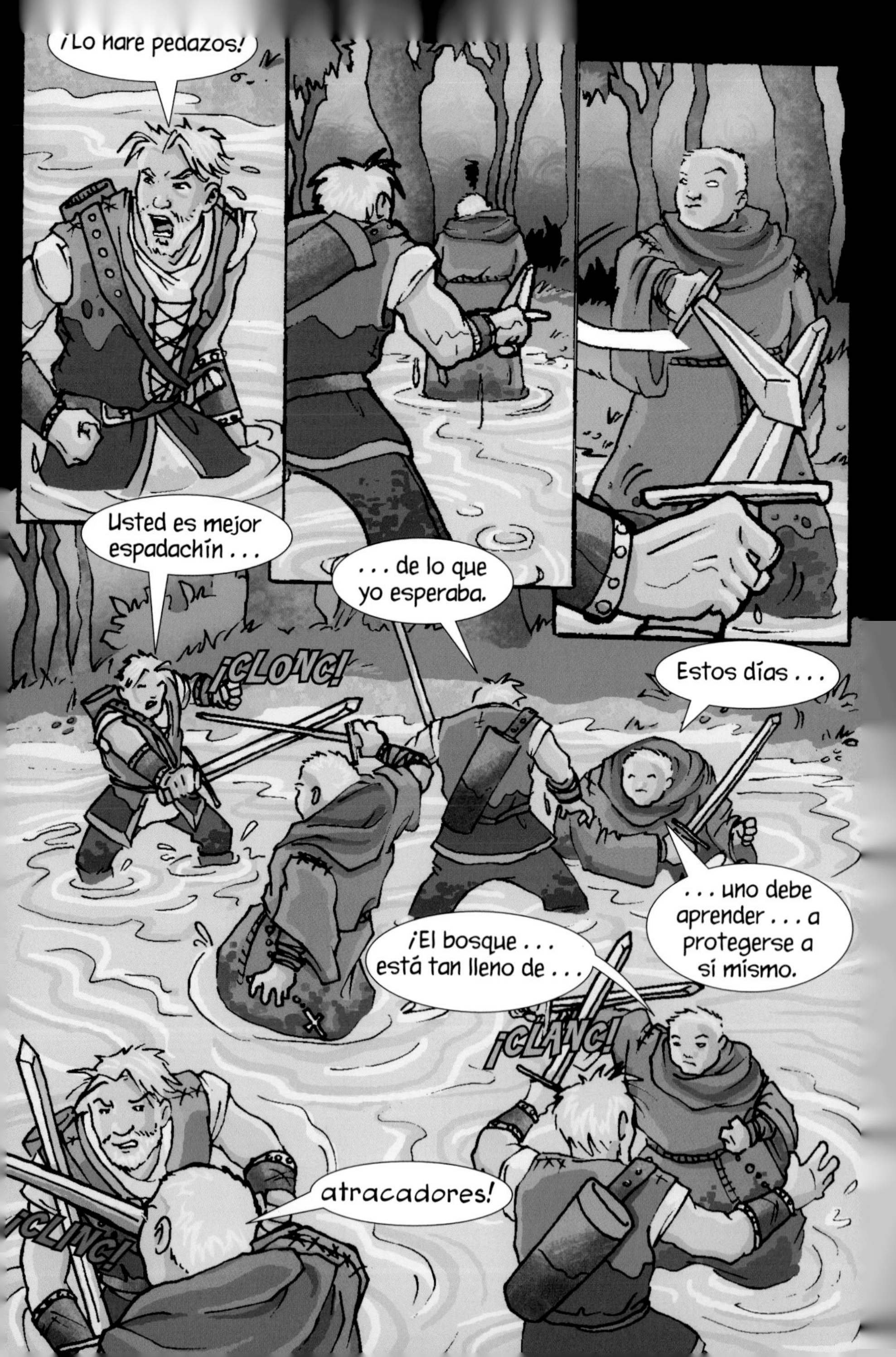

¡Lo haré pedazos!
Usted es mejor espadachín . . .
. . . de lo que yo esperaba.
¡CLONC!
Estos días . . .
. . . uno debe aprender . . . a protegerse a sí mismo.
¡El bosque . . . está tan lleno de . . .
¡CLANC!
atracadores!
¡CLINC!

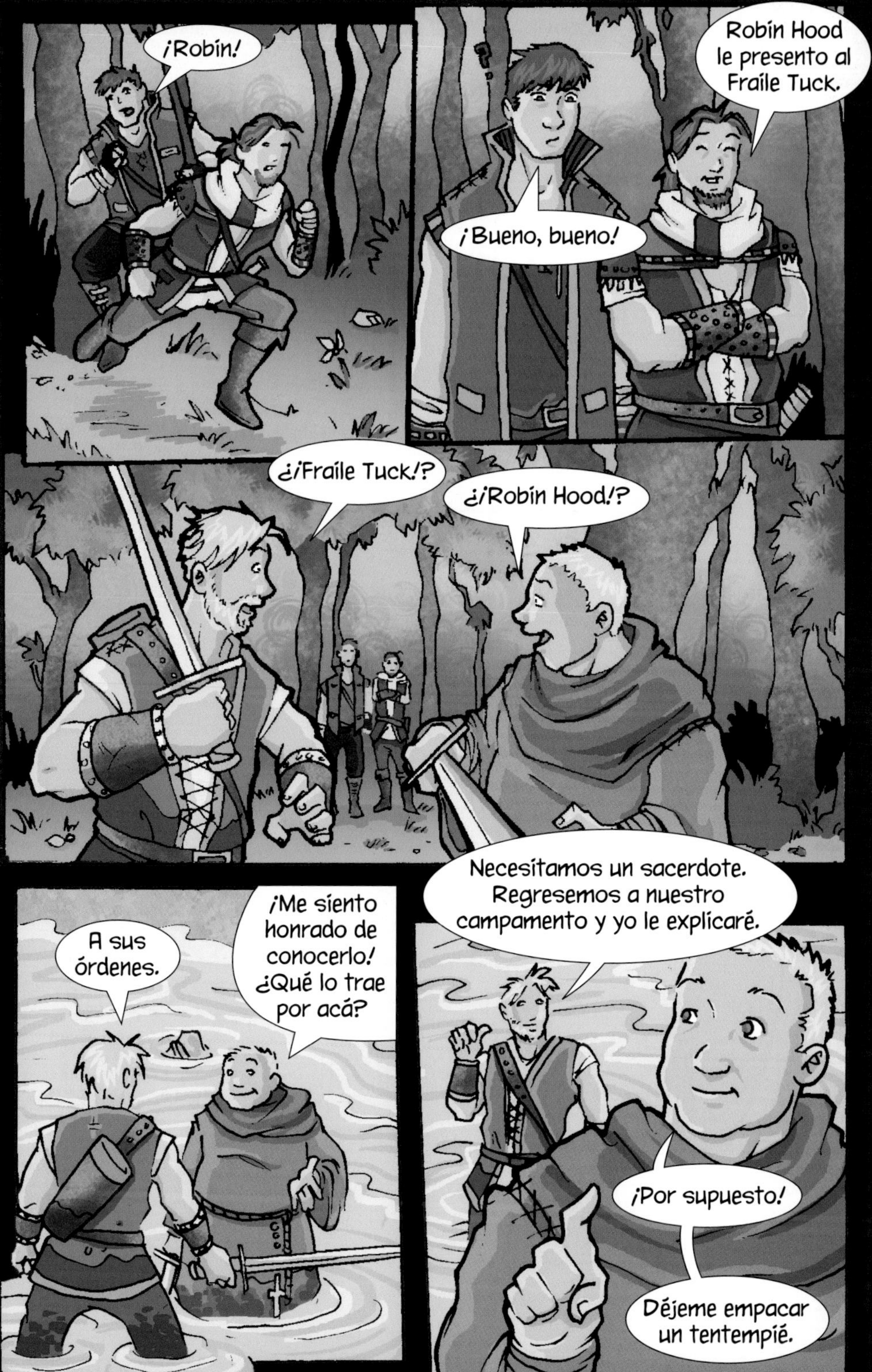
¡Robin!
Robin Hood le presento al Fraile Tuck.
¡Bueno, bueno!
¿¡Fraile Tuck!?
¿¡Robin Hood!?
A sus órdenes.
¡Me siento honrado de conocerlo! ¿Qué lo trae por acá?
Necesitamos un sacerdote. Regresemos a nuestro campamento y yo le explicaré.
¡Por supuesto!
Déjeme empacar un tentempié.

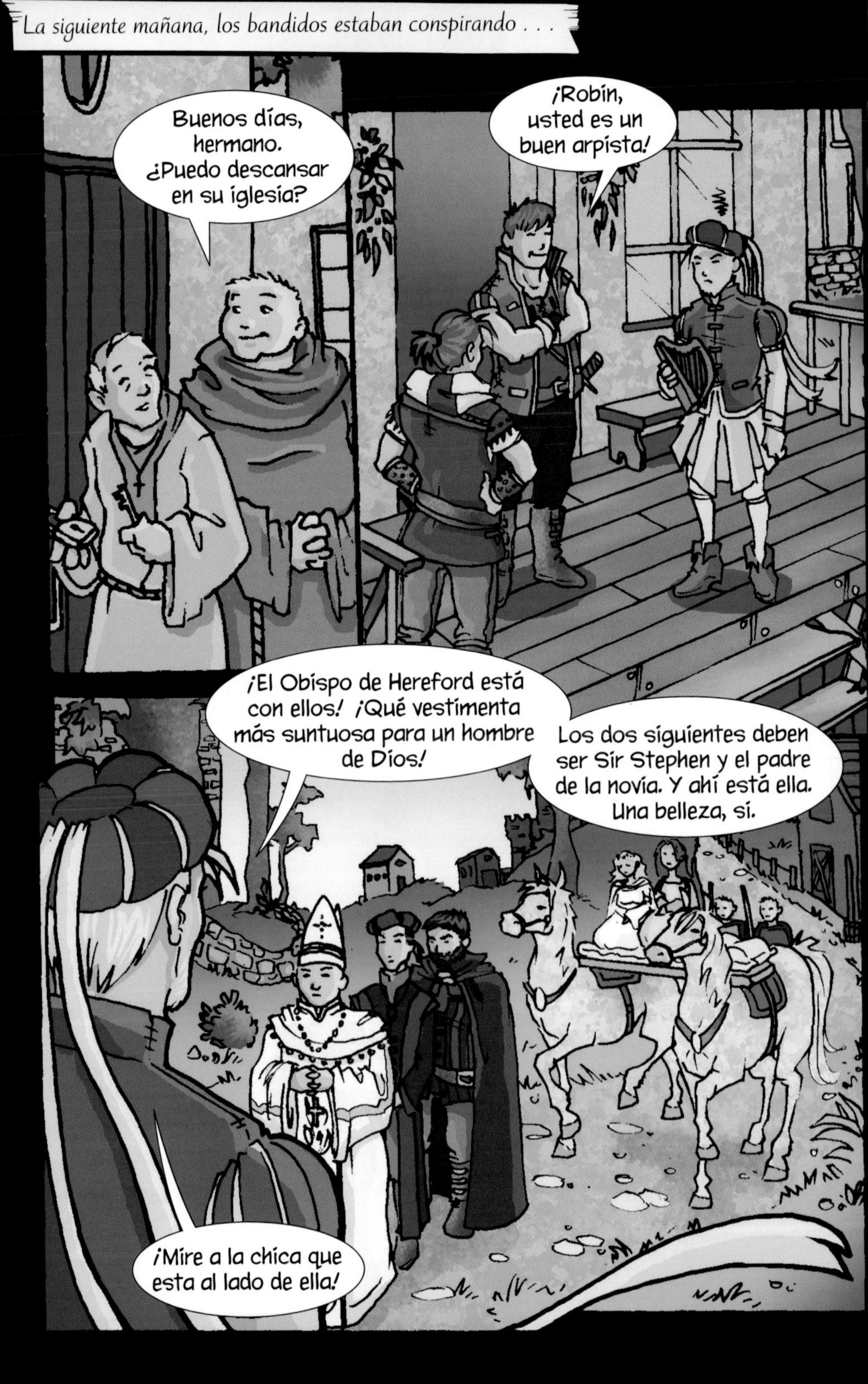
La siguiente mañana, los bandidos estaban conspirando . . .
Buenos días, hermano. ¿Puedo descansar en su iglesia?
¡Robin, usted es un buen arpista!
¡El Obispo de Hereford está con ellos! ¡Qué vestimenta más suntuosa para un hombre de Dios!
Los dos siguientes deben ser Sir Stephen y el padre de la novia. Y ahí está ella. Una belleza, sí.
¡Mire a la chica que esta al lado de ella!

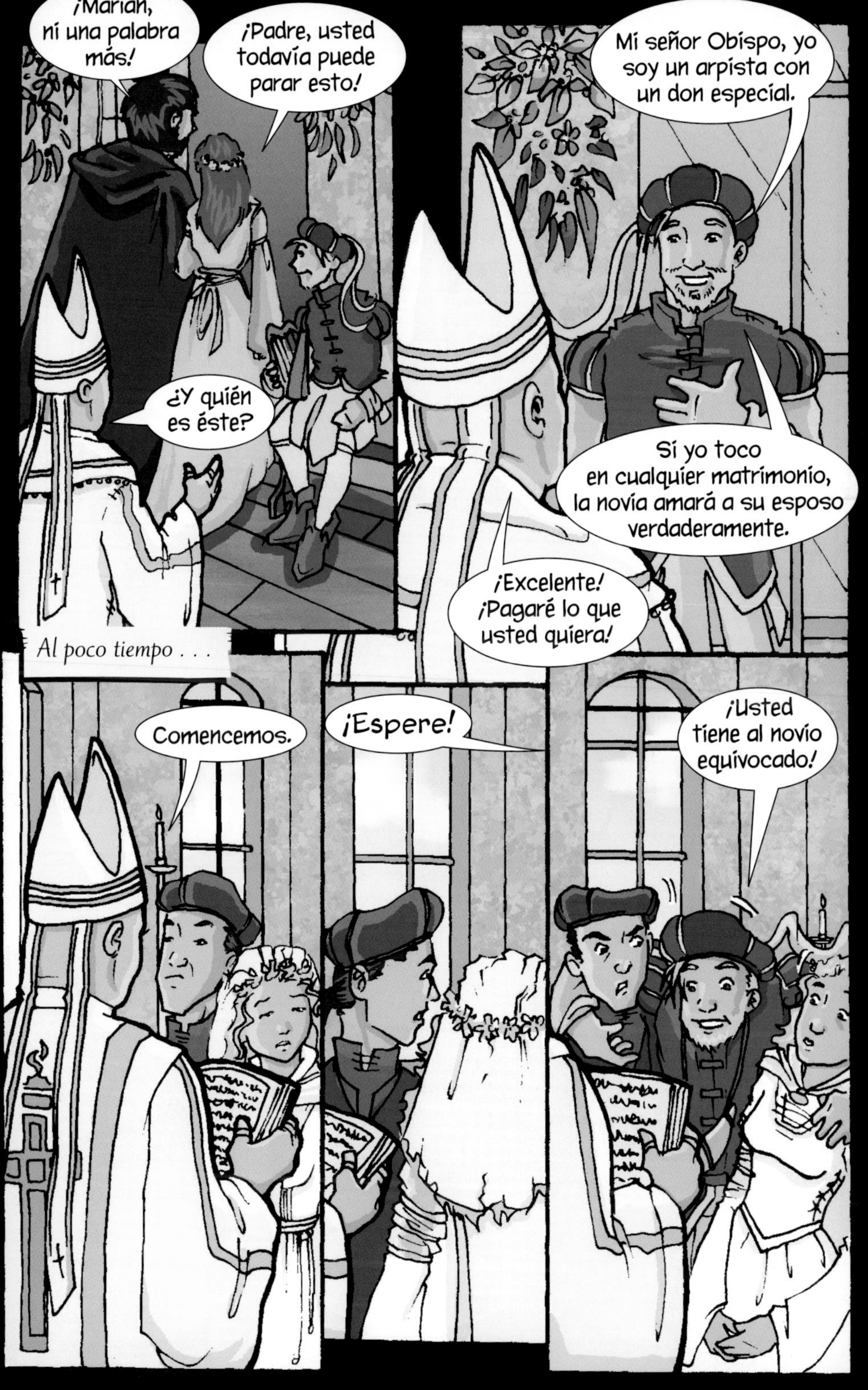
¡Marian, ni una palabra más!
¡Padre, usted todavía puede parar esto!
¿Y quién es éste?
Mi señor Obispo, yo soy un arpista con un don especial.
Si yo toco en cualquier matrimonio, la novia amará a su esposo verdaderamente.
¡Excelente! ¡Pagaré lo que usted quiera!
Al poco tiempo . . .
Comencemos.
¡Espere!
¡Usted tiene al novio equivocado!

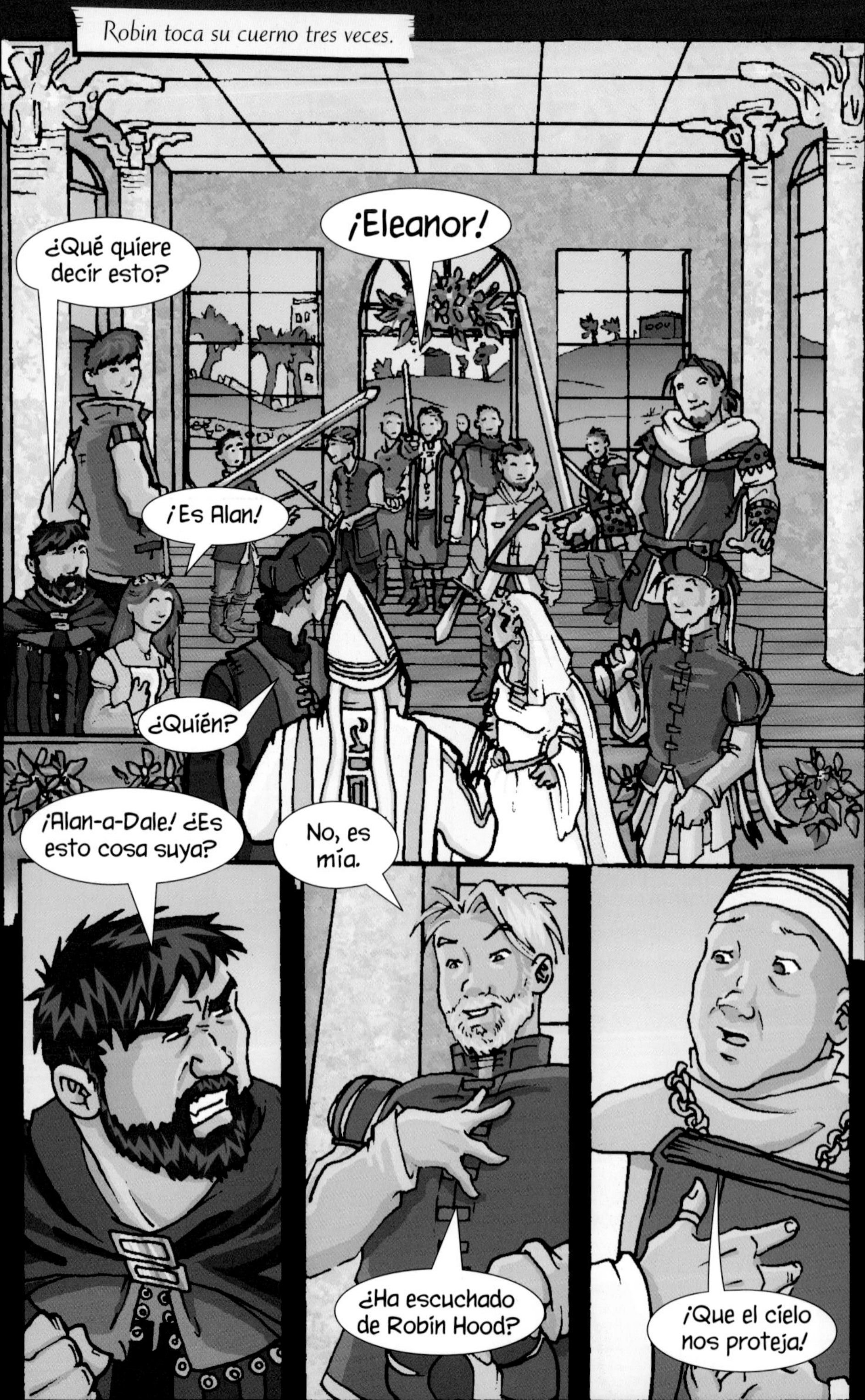
Robin toca su cuerno tres veces.
¿Qué quiere decir esto?
¡Eleanor!
¡Es Alan!
¿Quién?
¡Alan-a-Dale! ¿Es esto cosa suya?
No, es mía.
¿Ha escuchado de Robin Hood?
¡Que el cielo nos proteja!

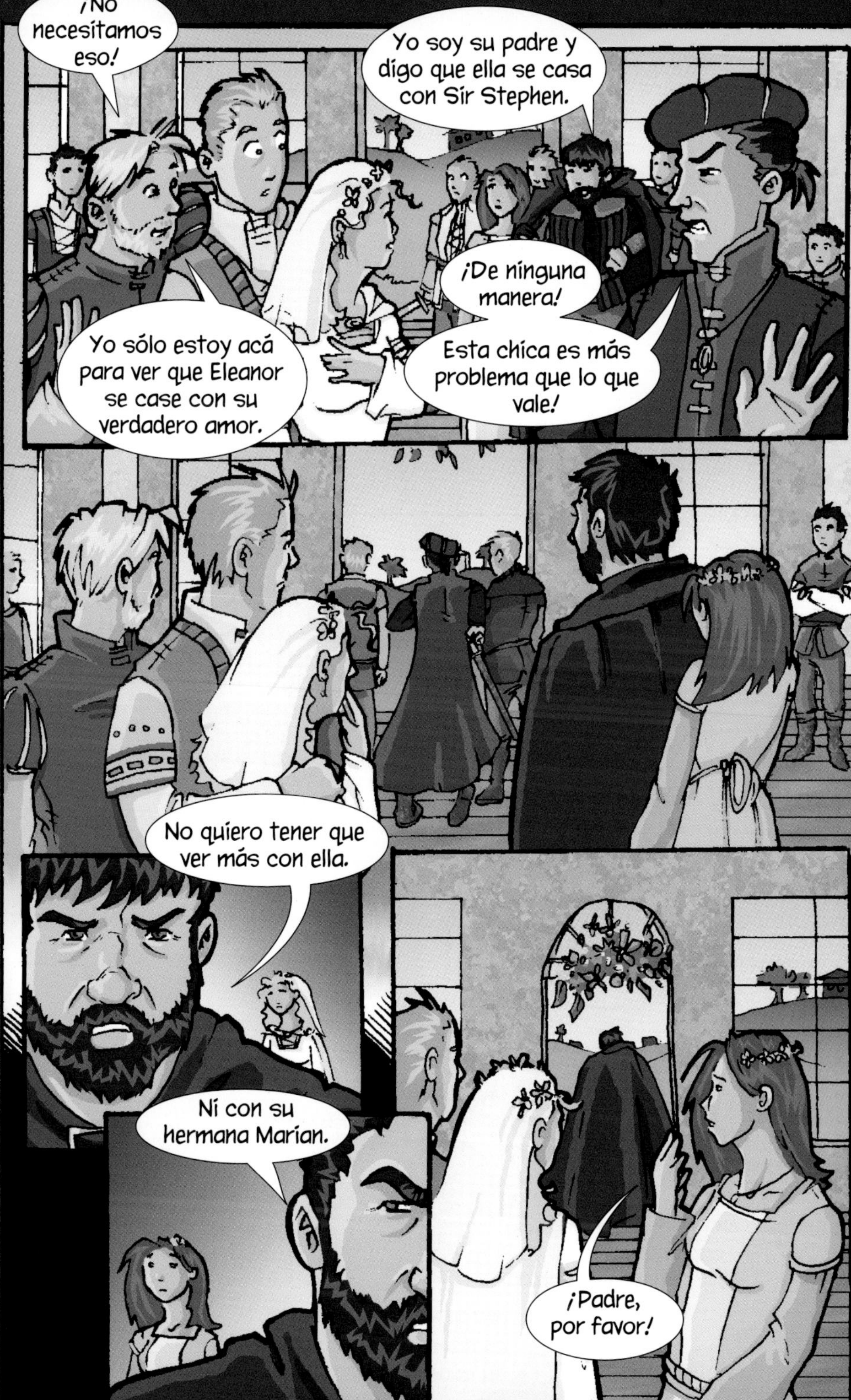
¡No necesitamos eso!
Yo soy su padre y digo que ella se casa con Sir Stephen.
Yo sólo estoy acá para ver que Eleanor se case con su verdadero amor.
¡De ninguna manera!
Esta chica es más problema que lo que vale!
No quiero tener que ver más con ella.
Ni con su hermana Marian.
¡Padre, por favor!

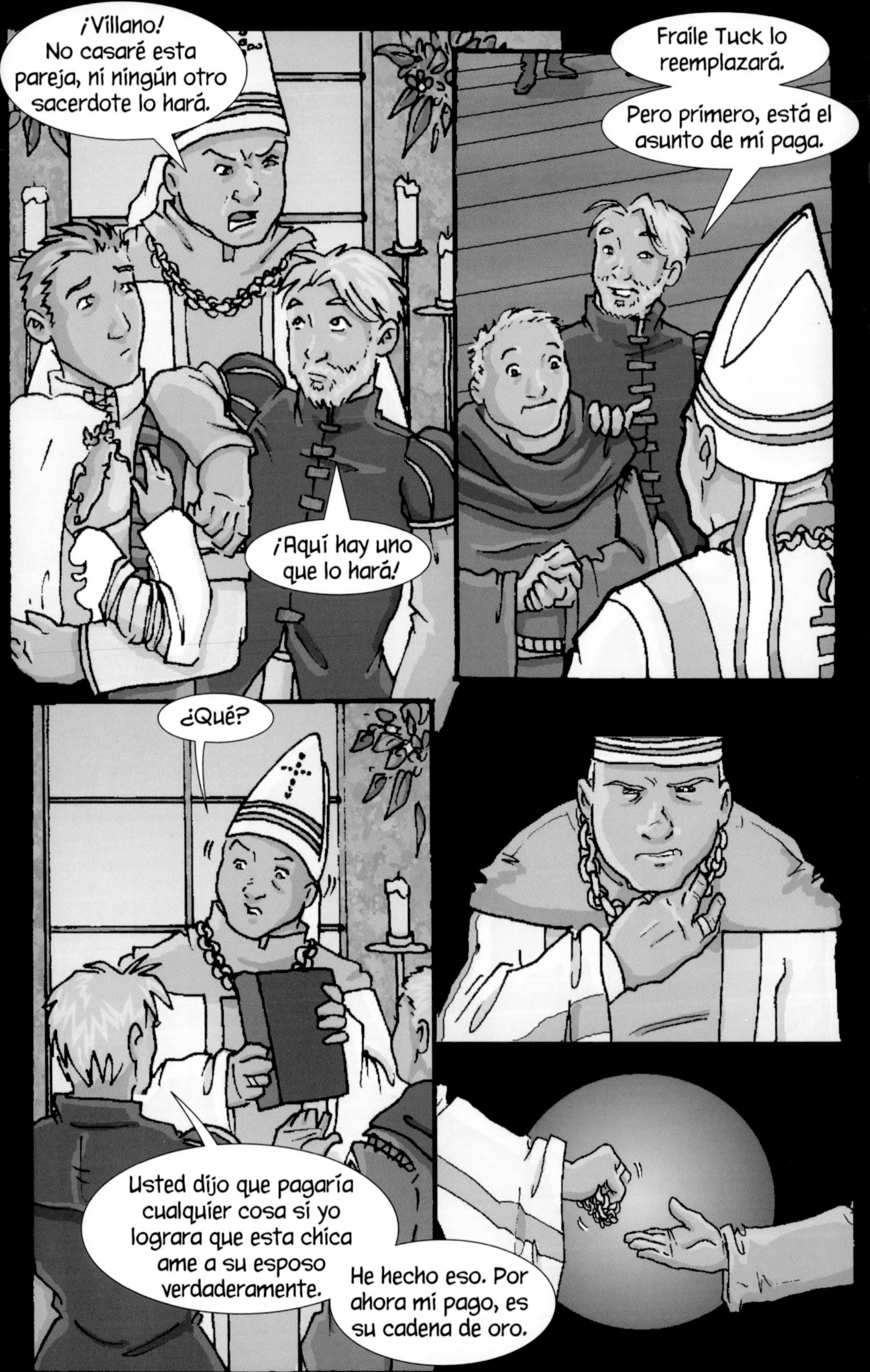

¡Villano!
No casaré esta pareja, ni ningún otro sacerdote lo hará.
¡Aquí hay uno que lo hará!
Fraile Tuck lo reemplazará.
Pero primero, está el asunto de mi paga.
¿Qué?
Usted dijo que pagaría cualquier cosa si yo lograra que esta chica ame a su esposo verdaderamente.
He hecho eso. Por ahora mi pago, es su cadena de oro.

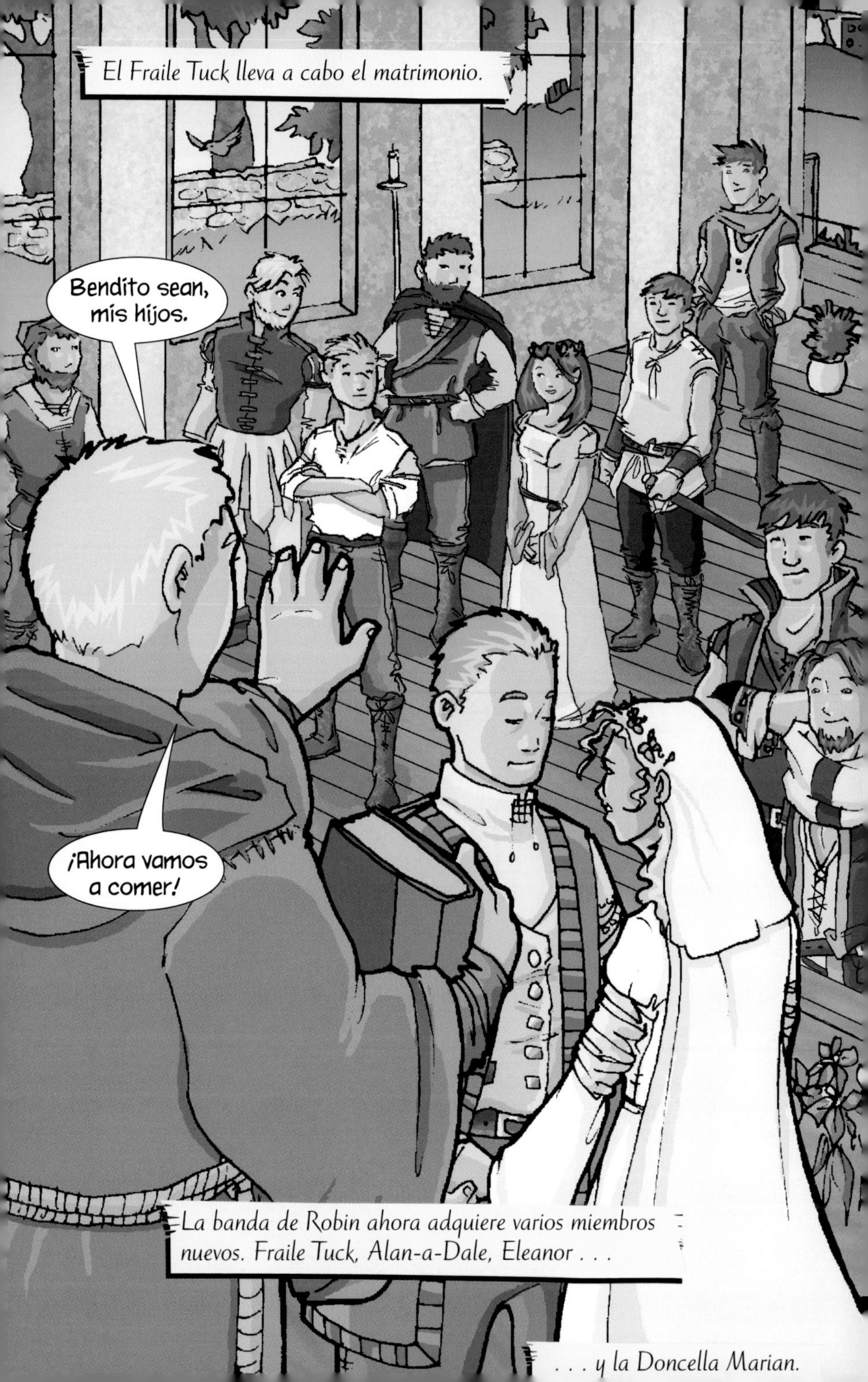
El Fraile Tuck lleva a cabo el matrimonio.
Bendito sean, mis hijos.
¡Ahora vamos a comer!
La banda de Robin ahora adquiere varios miembros nuevos. Fraile Tuck, Alan-a-Dale, Eleanor . . .
. . . y la Doncella Marian.

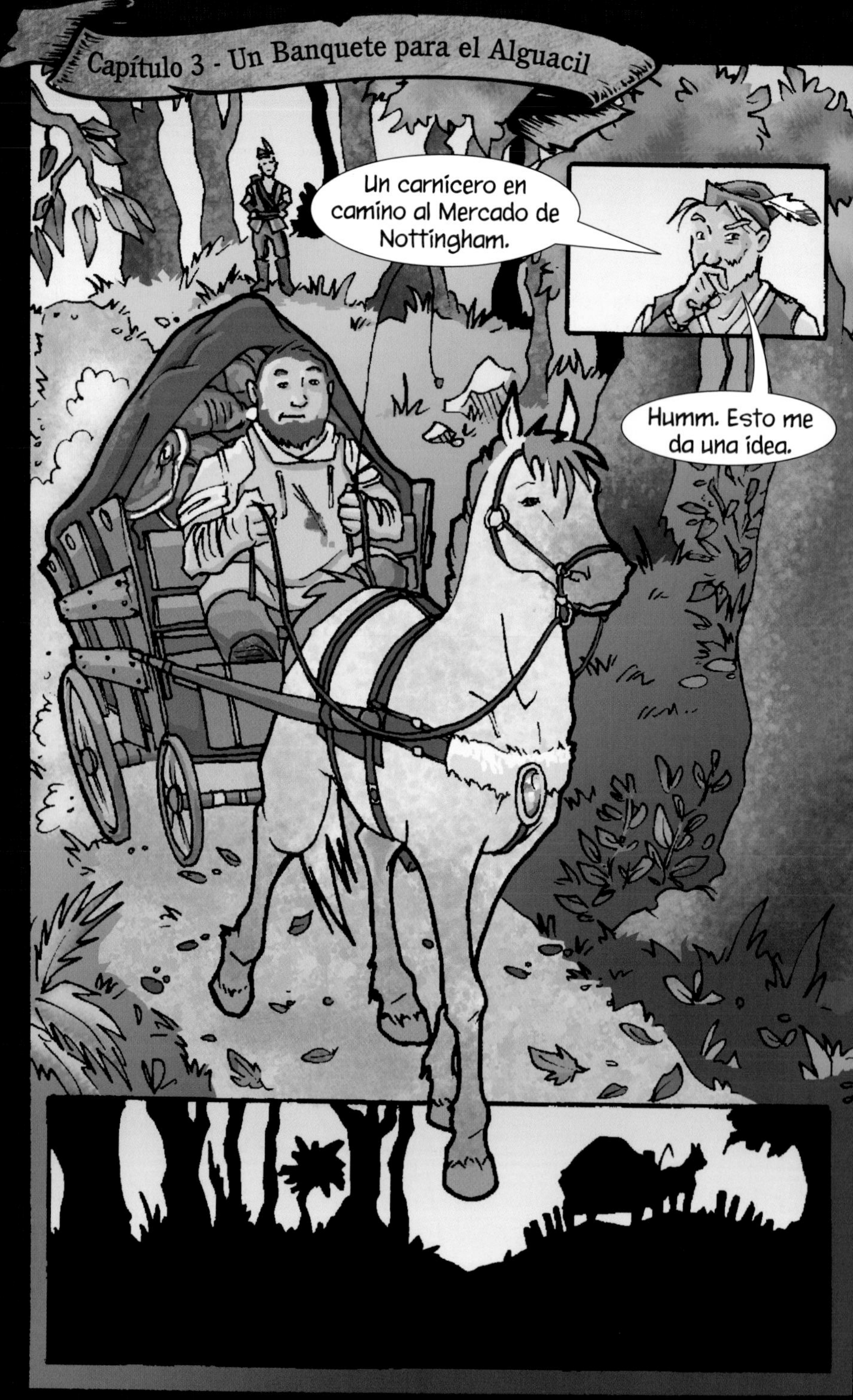
Capítulo 3 - Un Banquete para el Alguacil
Un carnicero en camino al Mercado de Nottingham.
Humm. Esto me da una idea.

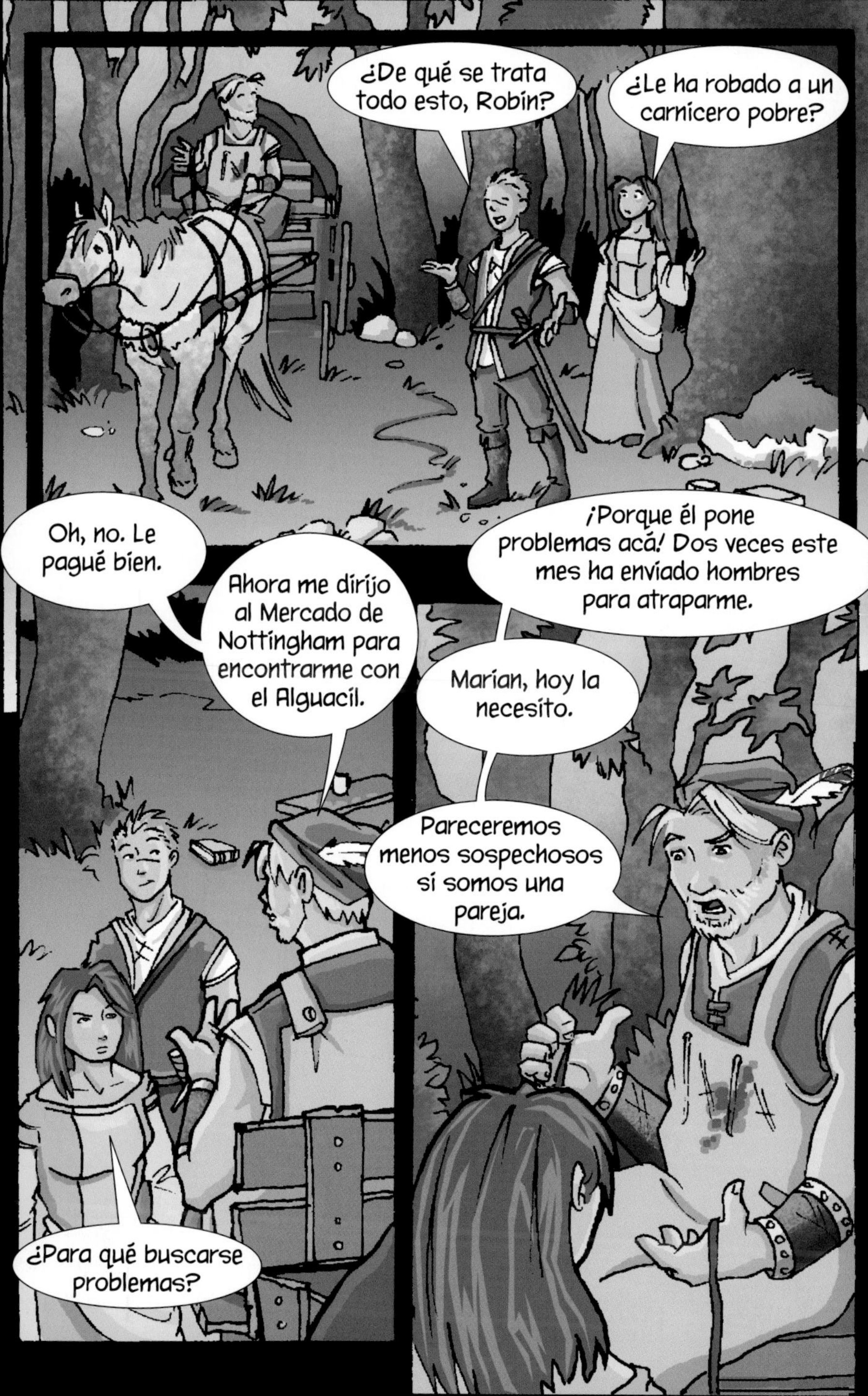

¿De qué se trata todo esto, Robin?
¿Le ha robado a un carnicero pobre?
Oh, no. Le pagué bien.
Ahora me dirijo al Mercado de Nottingham para encontrarme con el Alguacil.
¿Para qué buscarse problemas?
¡Porque él pone problemas acá! Dos veces este mes ha enviado hombres para atraparme.
Marian, hoy la necesito.
Pareceremos menos sospechosos si somos una pareja.

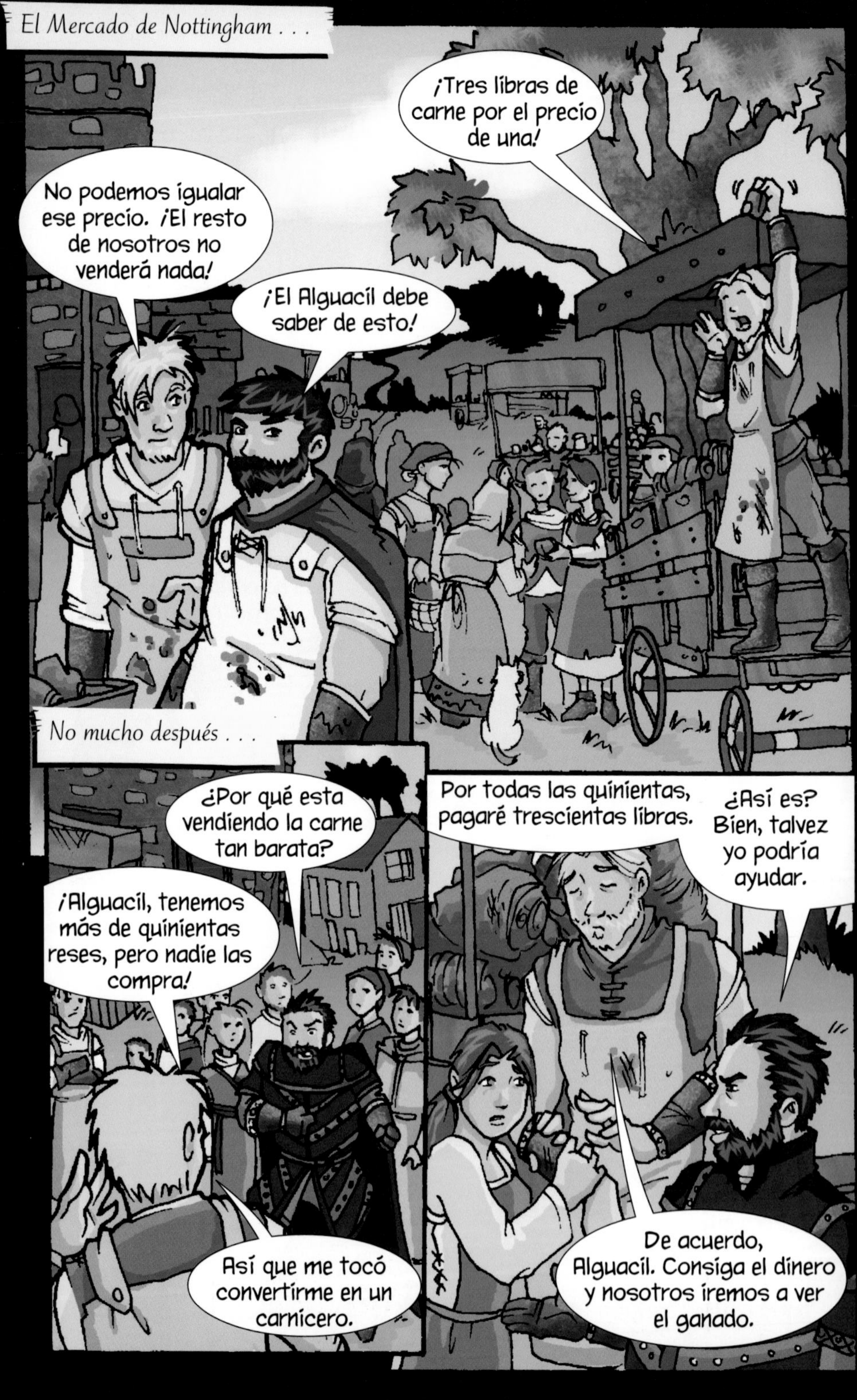
El Mercado de Nottingham . . .
¡Tres libras de carne por el precio de una!
No podemos igualar ese precio. ¡El resto de nosotros no venderá nada!
¡El Alguacil debe saber de esto!
No mucho después . . .
¿Por qué esta vendiendo la carne tan barata?
¡Alguacil, tenemos más de quinientas reses, pero nadie las compra!
Así que me tocó convertirme en un carnicero.
¿Así es? Bien, talvez yo podría ayudar.
Por todas las quinientas, pagaré trescientas libras.
De acuerdo, Alguacil. Consiga el dinero y nosotros iremos a ver el ganado.

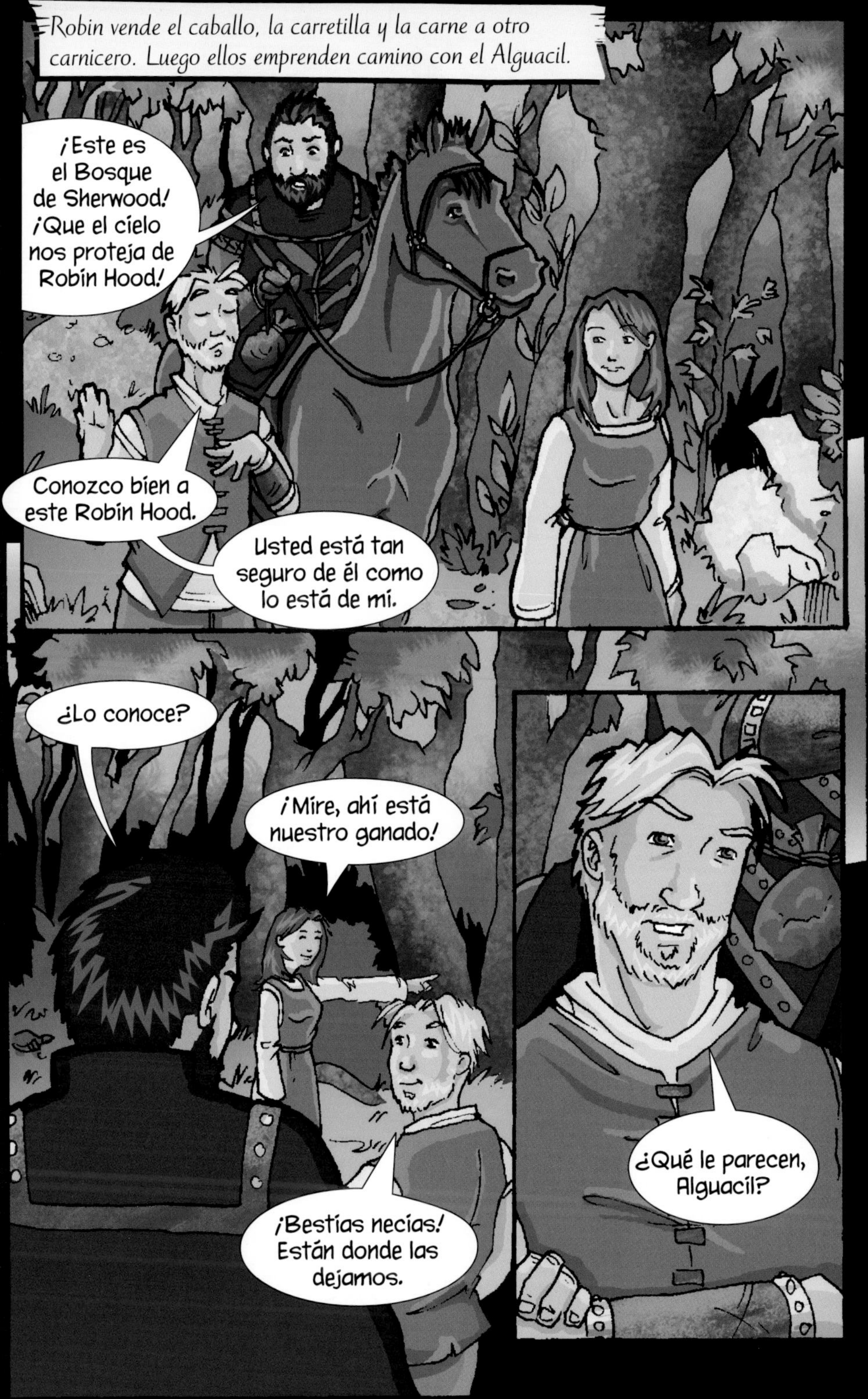
Robin vende el caballo, la carretilla y la carne a otro carnicero. Luego ellos emprenden camino con el Alguacil.
¡Este es el Bosque de Sherwood! ¡Que el cielo nos proteja de Robin Hood!
Conozco bien a este Robin Hood.
Usted está tan seguro de él como lo está de mí.
¿Lo conoce?
¡Mire, ahí está nuestro ganado!
¡Bestias necias! Están donde las dejamos.
¿Qué le parecen, Alguacil?

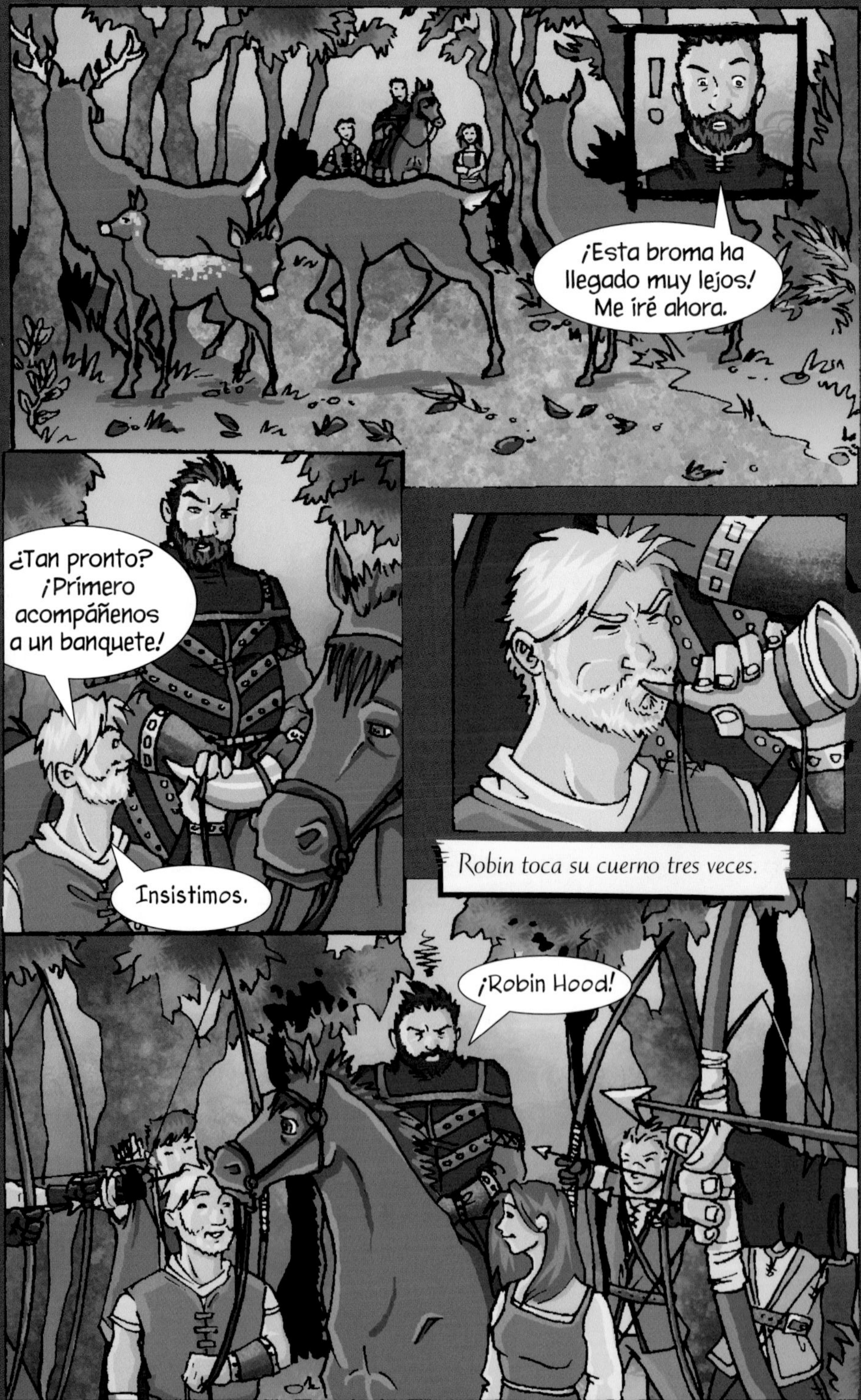
¡Esta broma ha llegado muy lejos! Me iré ahora.
¿Tan pronto? ¡Primero acompáñenos a un banquete!
Insistimos.
Robin toca su cuerno tres veces.
¡Robin Hood!

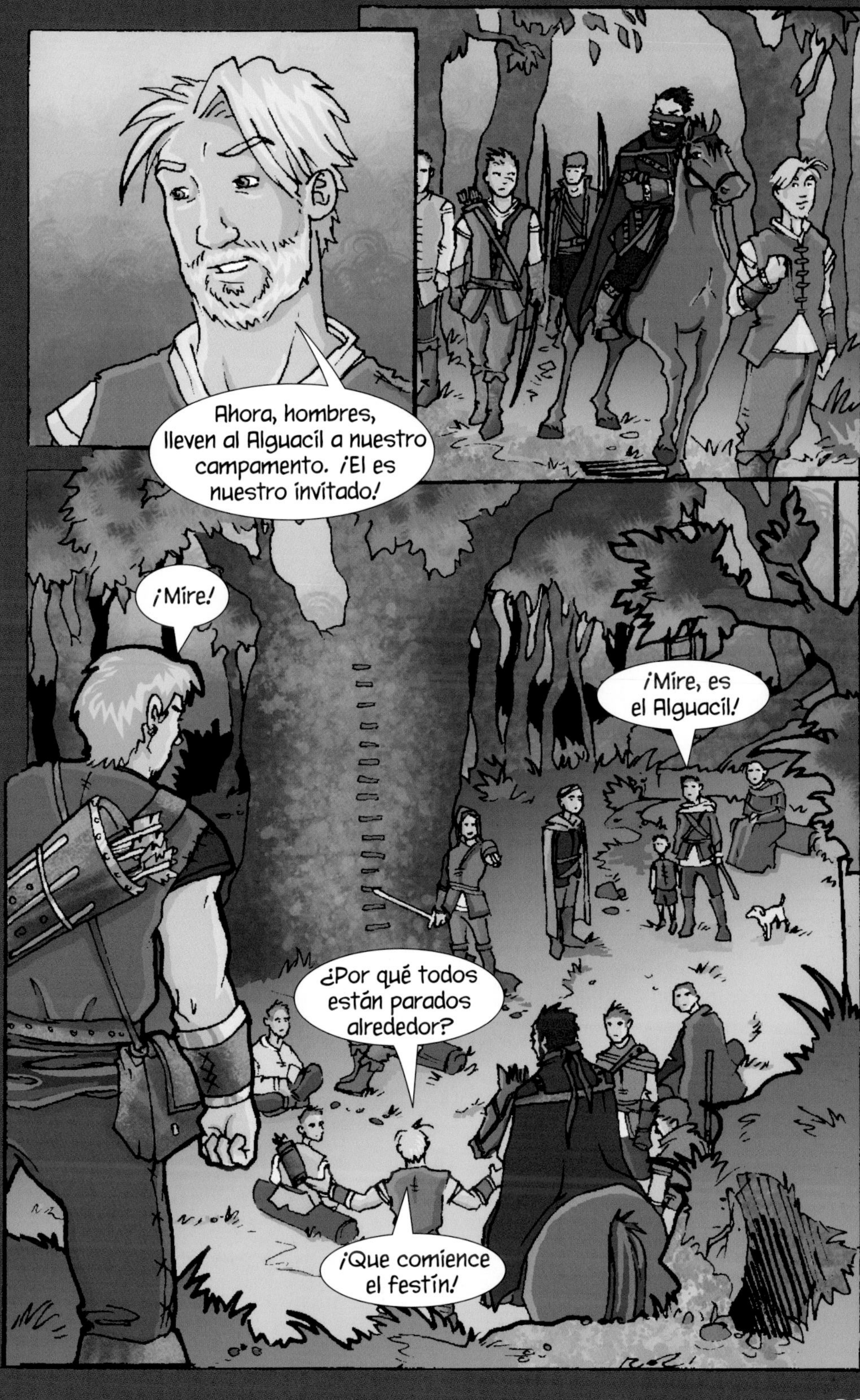
Ahora, hombres, lleven al Alguacil a nuestro campamento. ¡El es nuestro invitado!
¡Mire!
¡Mire, es el Alguacil!
¿Por qué todos están parados alrededor?
¡Que comience el festín!

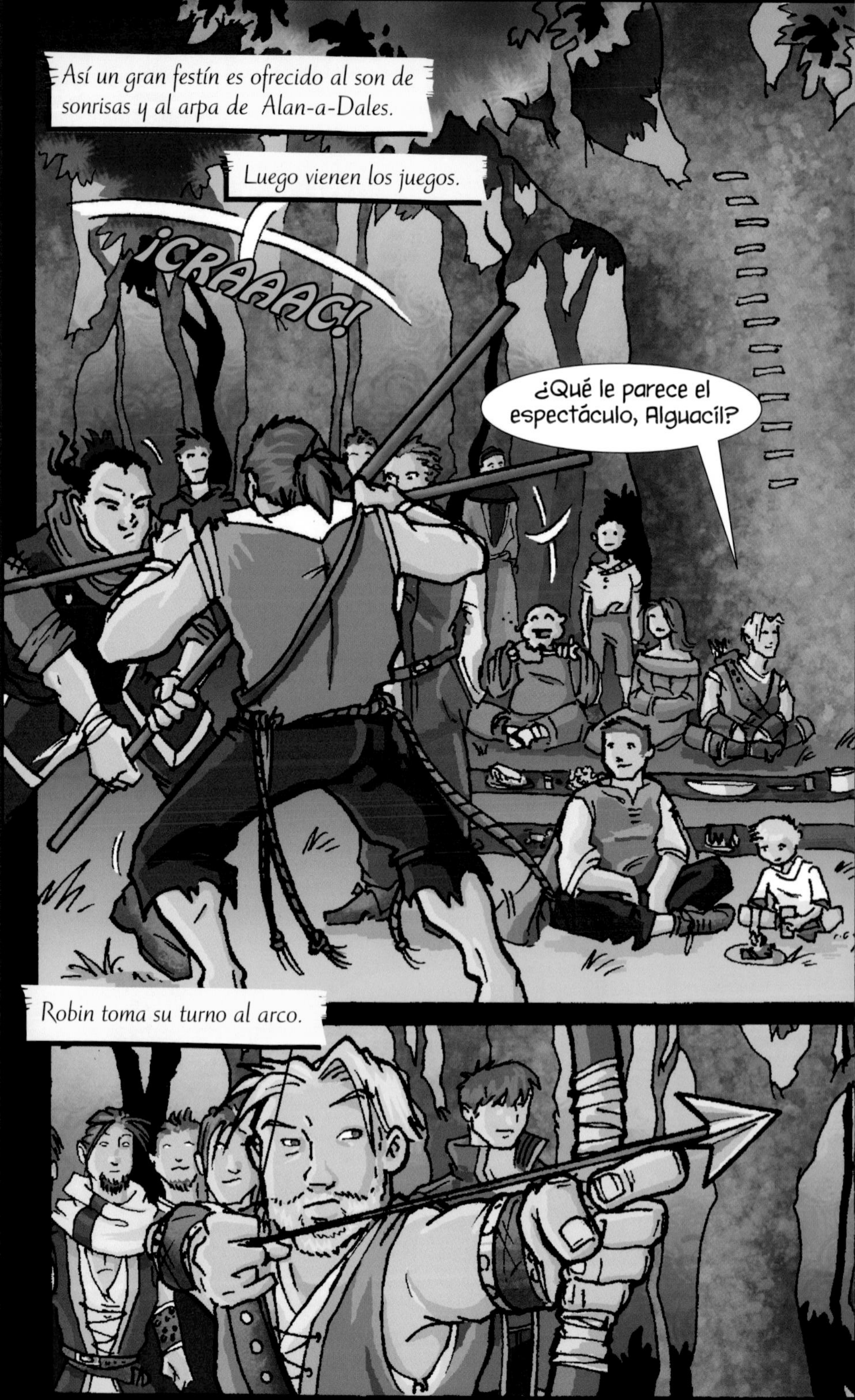
Así un gran festín es ofrecido al son de sonrisas y al arpa de Alan-a-Dales.
Luego vienen los juegos.
¡CRAAAC!
¿Qué le parece el espectáculo, Alguacil?
Robin toma su turno al arco.

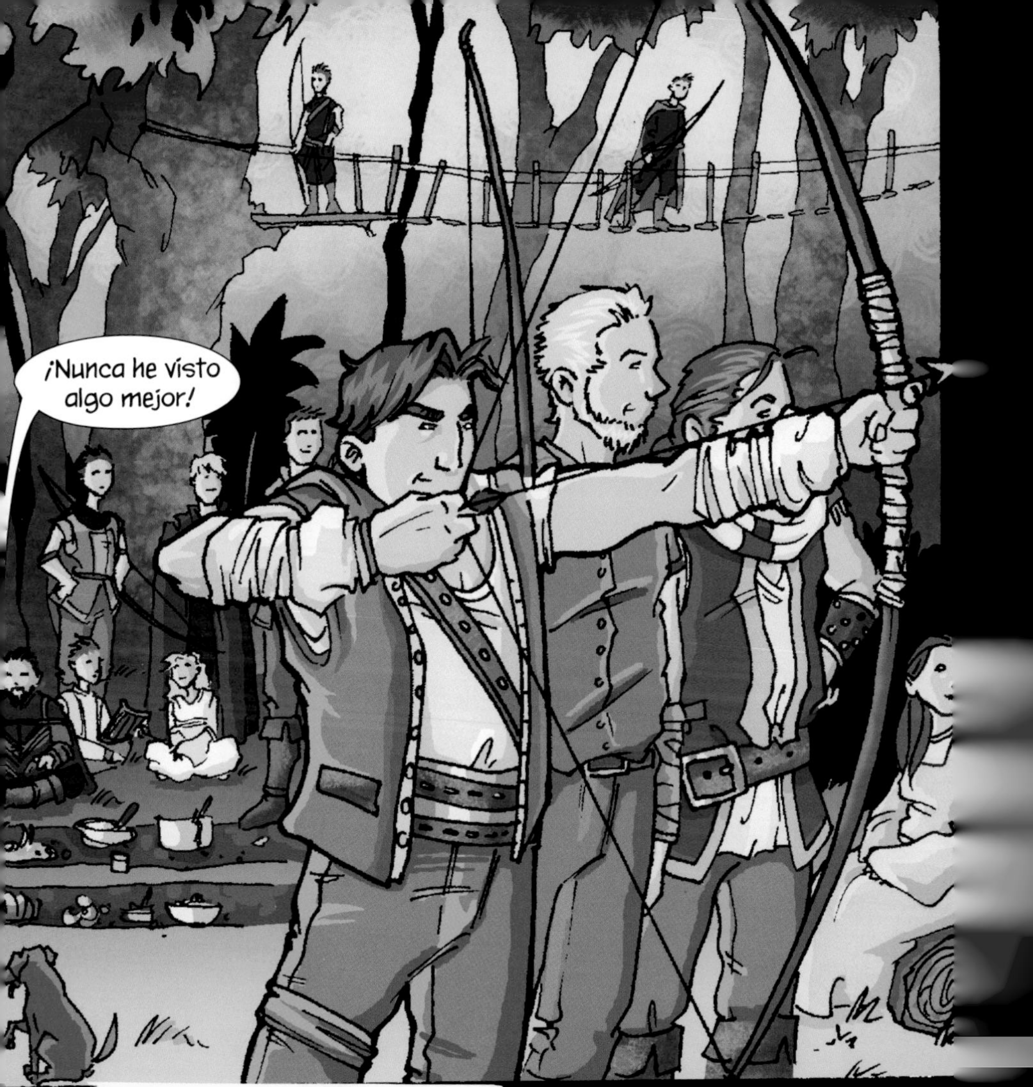
¡Nunca he visto algo mejor!

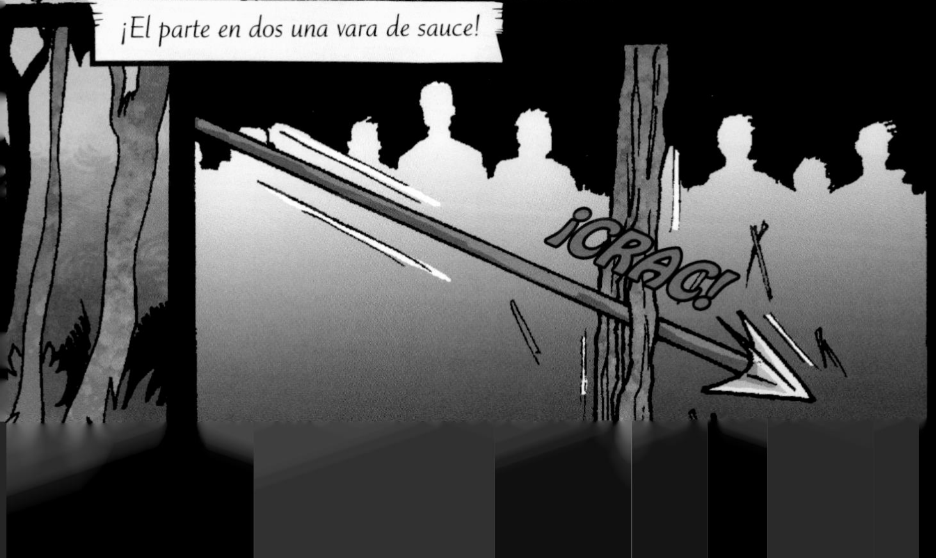
¡El parte en dos una vara de sauce!
¡CRAC!

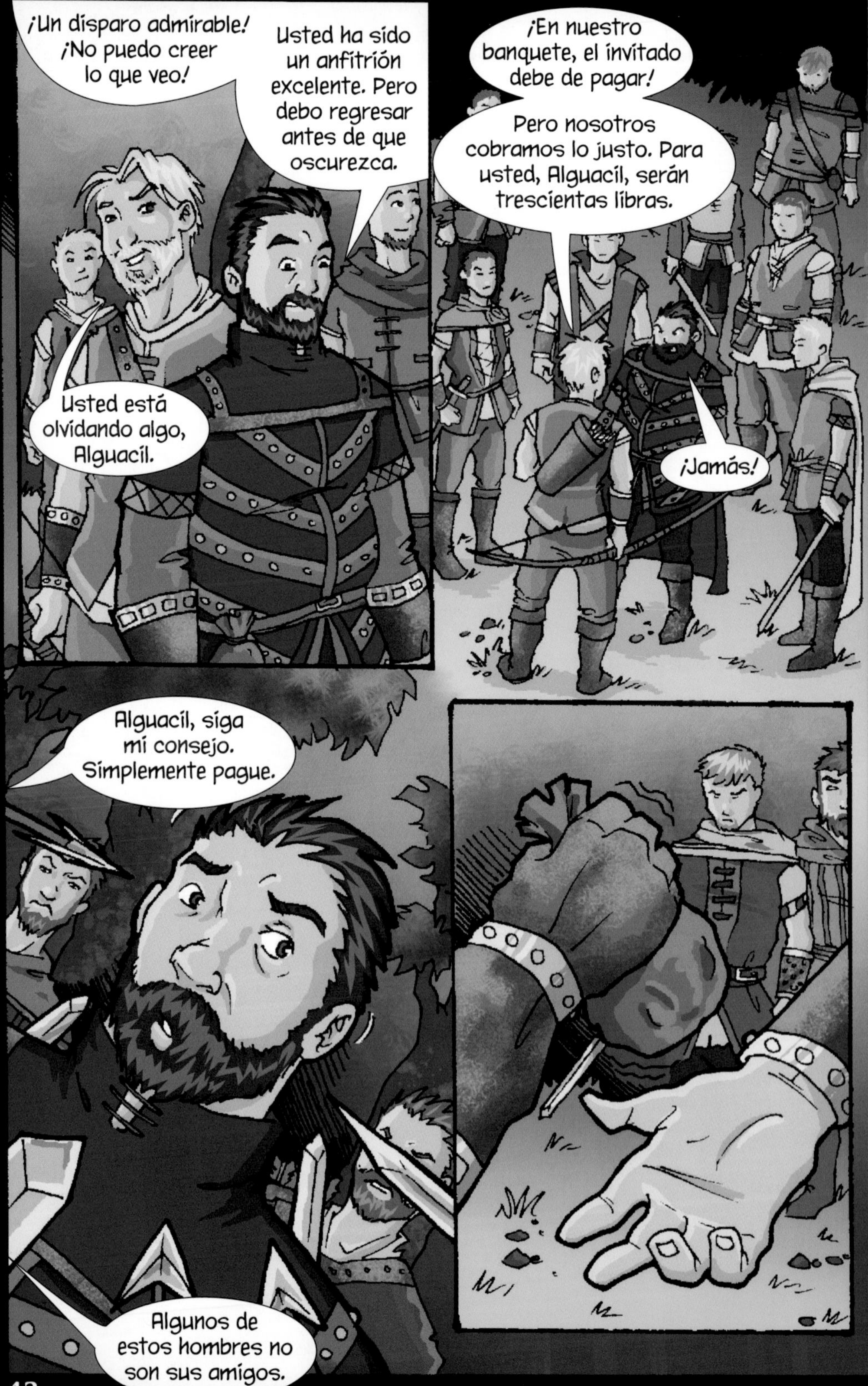
¡Un disparo admirable! ¡No puedo creer lo que veo!
Usted ha sido un anfitrión excelente. Pero debo regresar antes de que oscurezca.
Usted está olvidando algo, Alguacil.
¡En nuestro banquete, el invitado debe de pagar!
Pero nosotros cobramos lo justo. Para usted, Alguacil, serán trescientas libras.
¡Jamás!
Alguacil, siga mi consejo. Simplemente pague.
Algunos de estos hombres no son sus amigos.

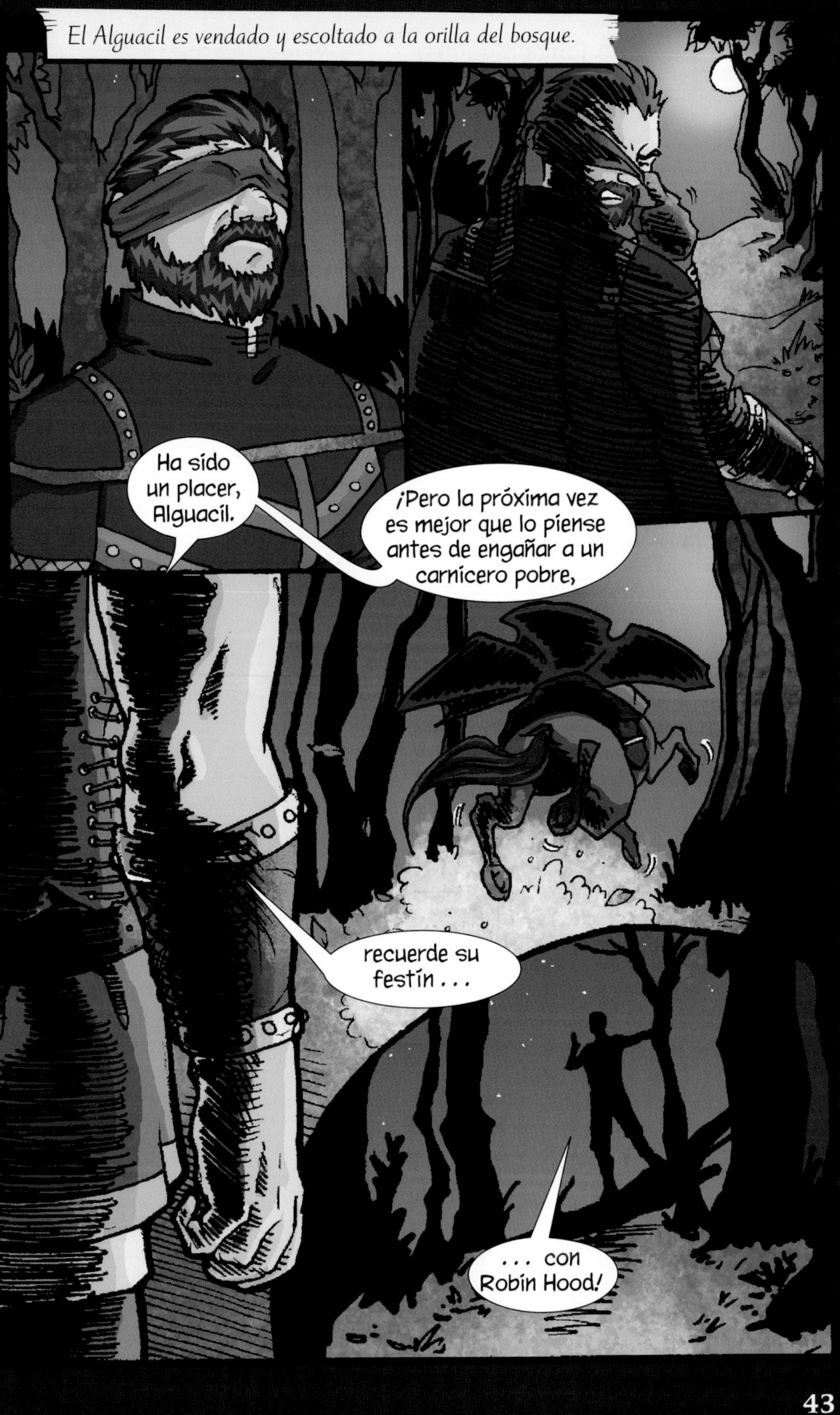
El Alguacil es vendado y escoltado a la orilla del bosque.
Ha sido un placer, Alguacil.
¡Pero la próxima vez es mejor que lo piense antes de engañar a un carnicero pobre,
recuerde su festín . . .
. . . con Robin Hood!

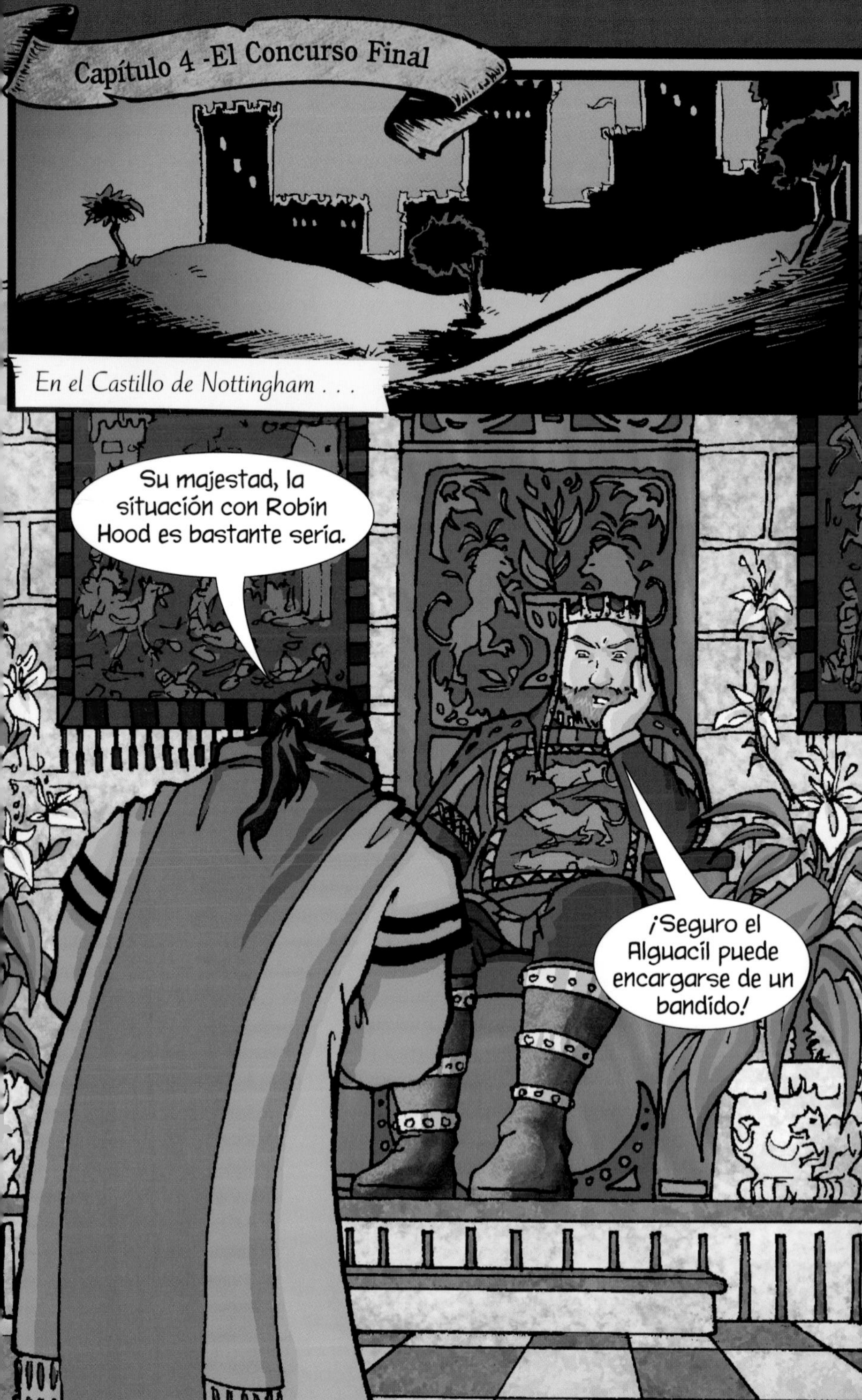
Capítulo 4 -El Concurso Final
En el Castillo de Nottingham . . .
Su majestad, la situación con Robin Hood es bastante seria.
¡Seguro el Alguacil puede encargarse de un bandido!

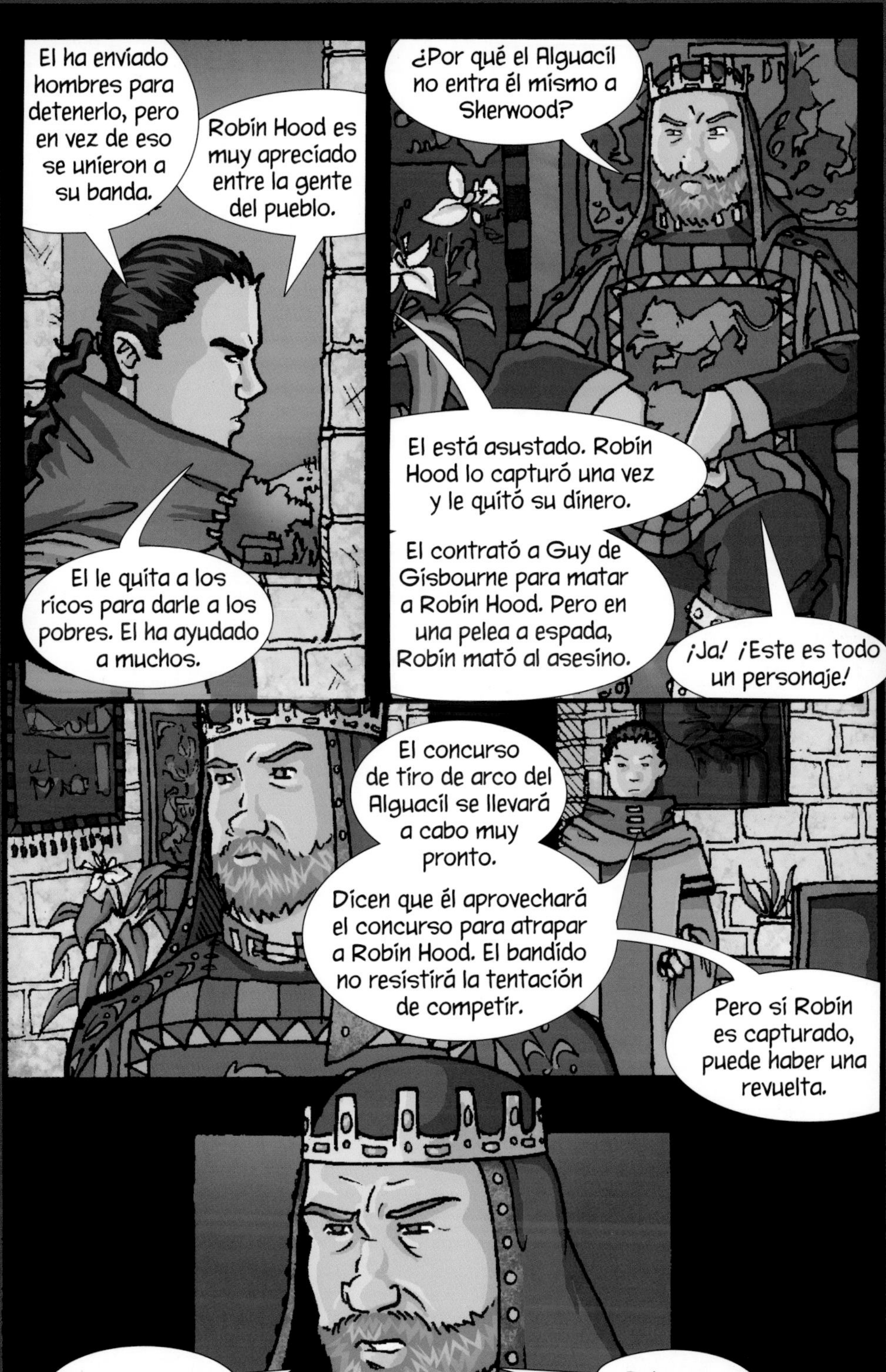

El ha enviado hombres para detenerlo, pero en vez de eso se unieron a su banda.
Robin Hood es muy apreciado entre la gente del pueblo.
El le quita a los ricos para darle a los pobres. El ha ayudado a muchos.
¿Por qué el Alguacil no entra él mismo a Sherwood?
El está asustado. Robin Hood lo capturó una vez y le quitó su dinero.
El contrató a Guy de Gisbourne para matar a Robin Hood. Pero en una pelea a espada, Robin mató al asesino.
¡Ja! ¡Este es todo un personaje!
El concurso de tiro de arco del Alguacil se llevará a cabo muy pronto.
Dicen que él aprovechará el concurso para atrapar a Robin Hood. El bandido no resistirá la tentación de competir.
Pero si Robin es capturado, puede haber una revuelta.
Esto ha llegado demasiado lejos.
Debemos hacer algo.

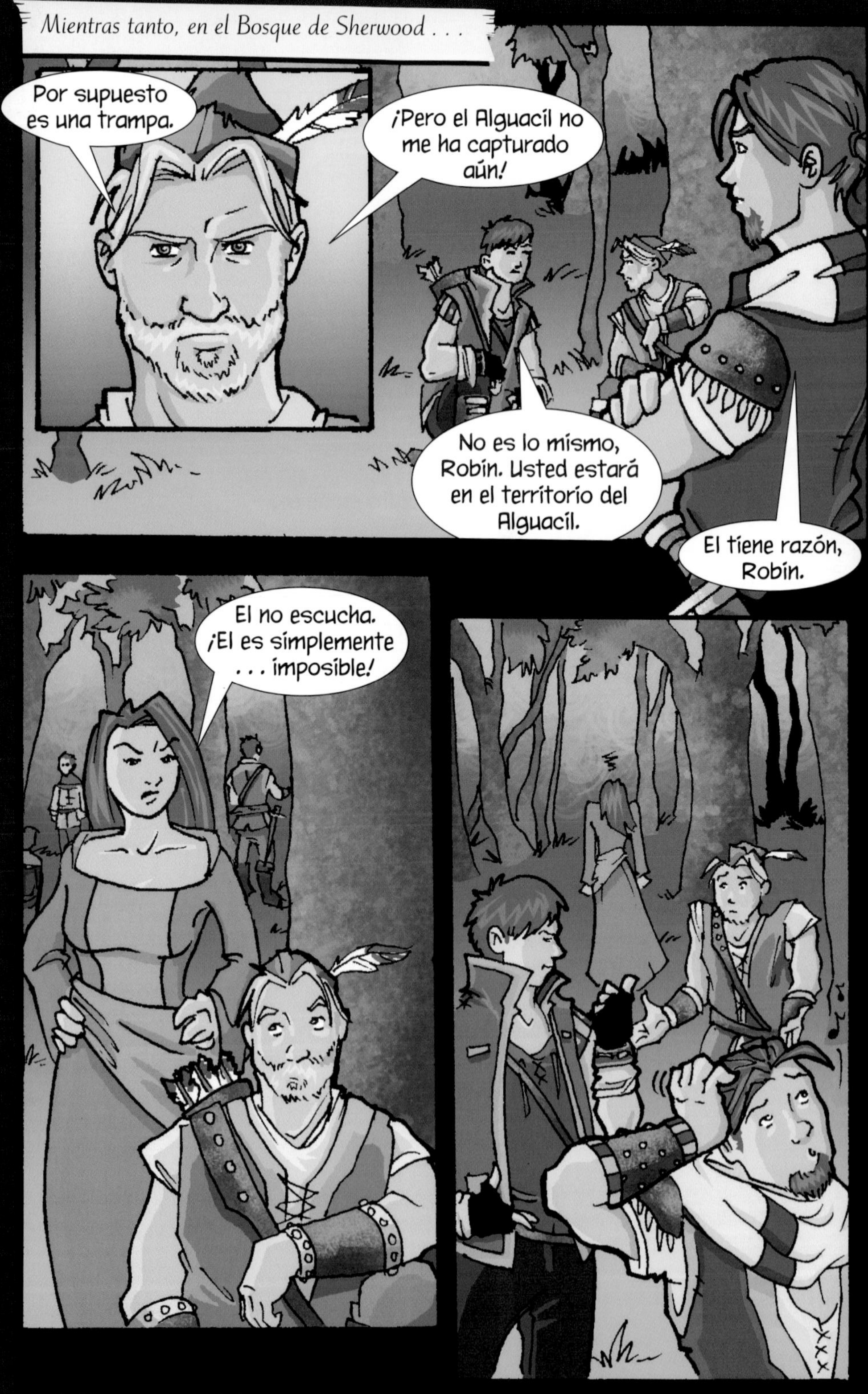
Mientras tanto, en el Bosque de Sherwood . . .
Por supuesto es una trampa.
¡Pero el Alguacil no me ha capturado aún!
No es lo mismo, Robin. Usted estará en el territorio del Alguacil.
El tiene razón, Robin.
El no escucha. ¡El es simplemente . . . imposible!

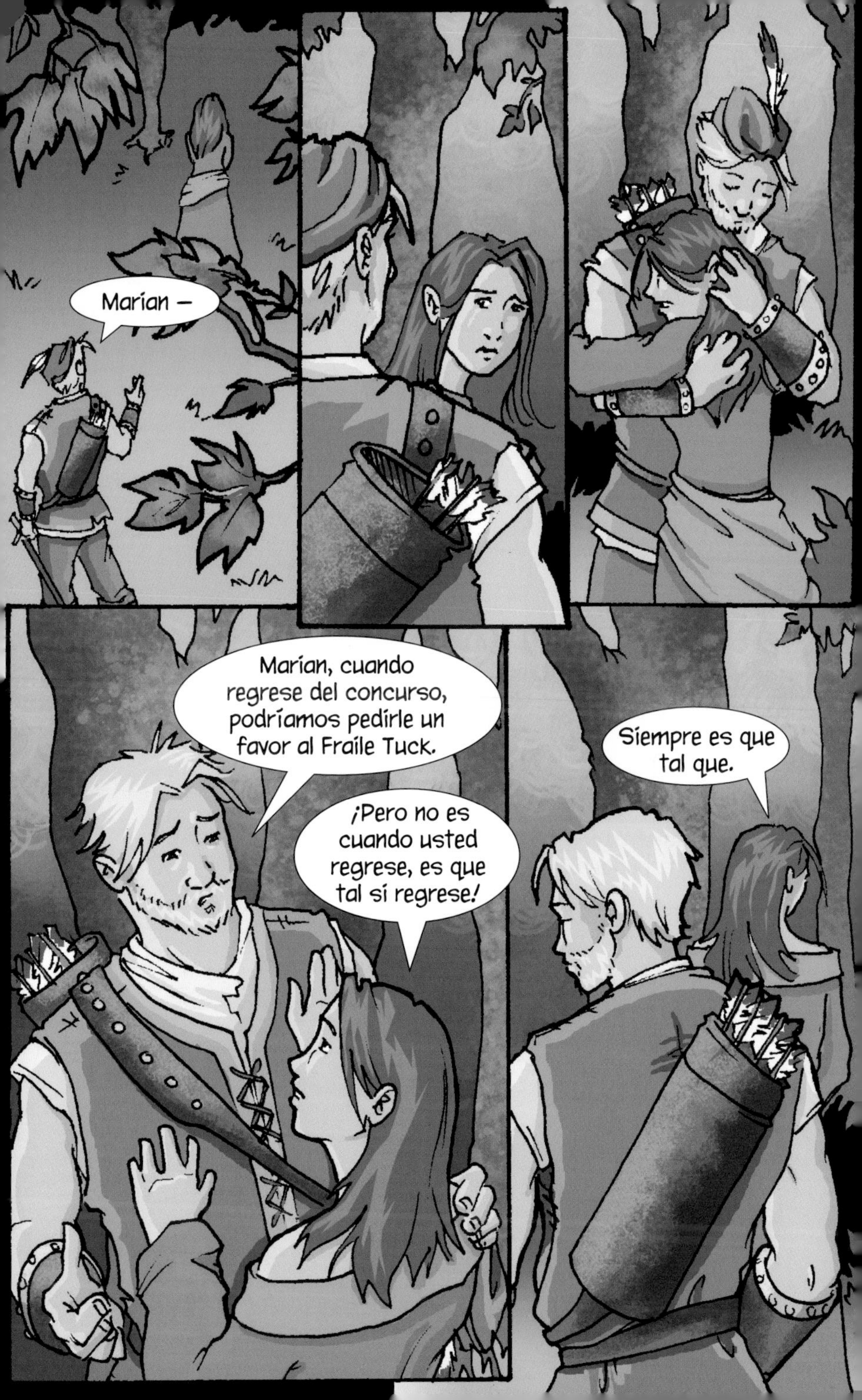
Marian —
Marian, cuando regrese del concurso, podríamos pedirle un favor al Fraile Tuck.
¡Pero no es cuando usted regrese, es que tal si regrese!
Siempre es que tal que.

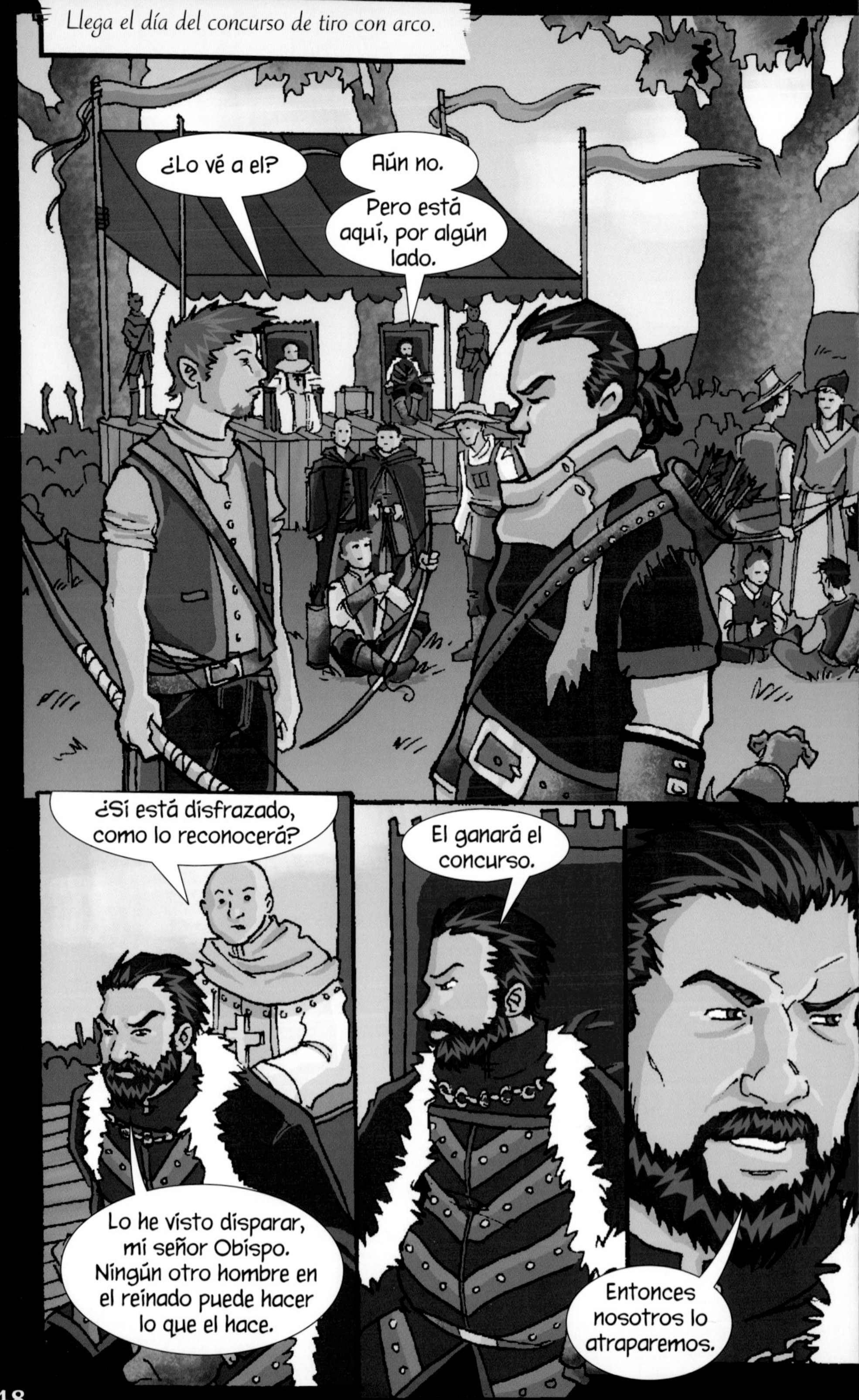

Llega el día del concurso de tiro con arco.
¿Lo vé a el?
Aún no.
Pero está aquí, por algún lado.
¿Si está disfrazado, como lo reconocerá?
Lo he visto disparar, mi señor Obispo. Ningún otro hombre en el reinado puede hacer lo que el hace.
El ganará el concurso.
Entonces nosotros lo atraparemos.

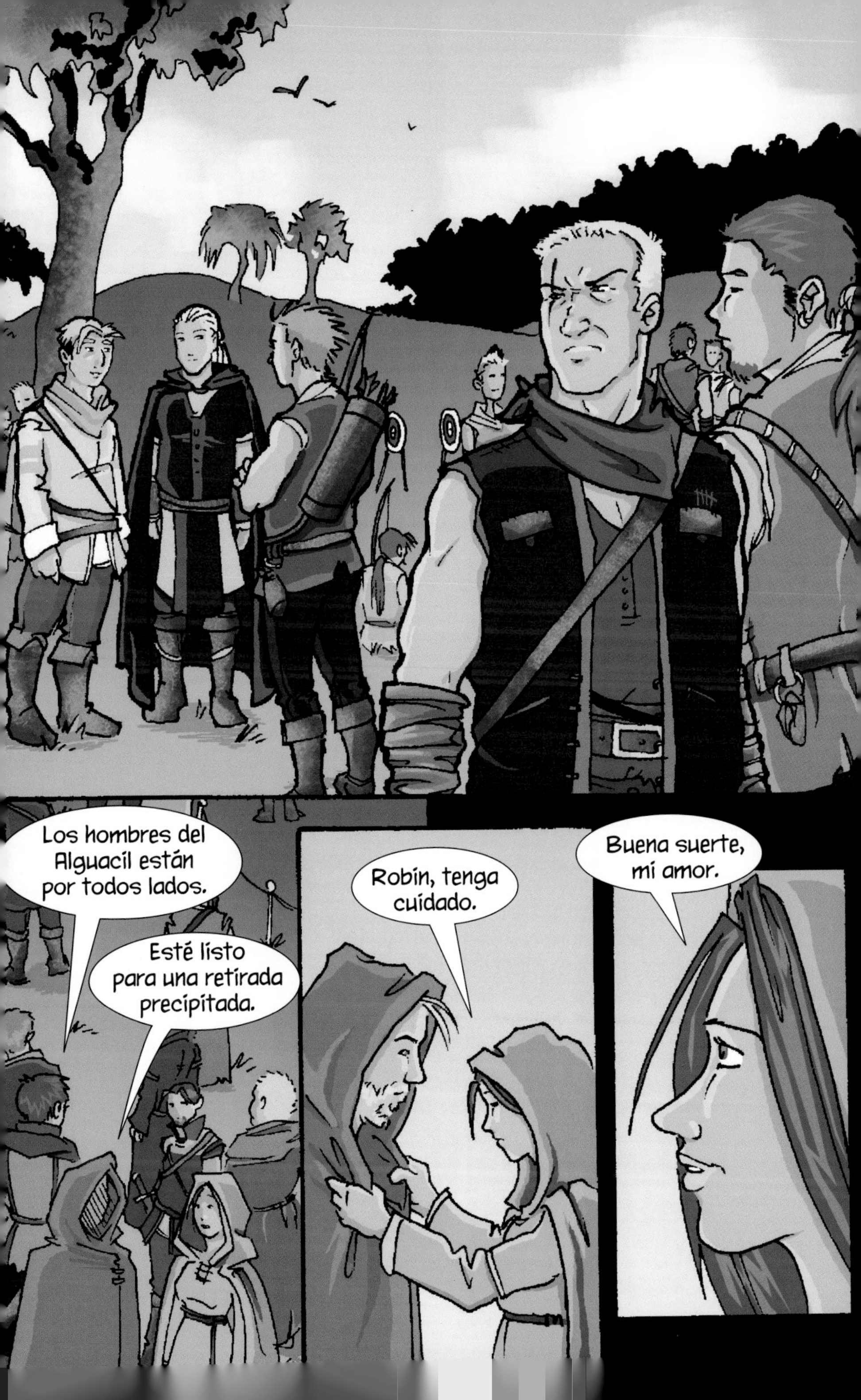

Los hombres del Alguacil están por todos lados.
Esté listo para una retirada precipitada.
Robin, tenga cuidado.
Buena suerte, mi amor.

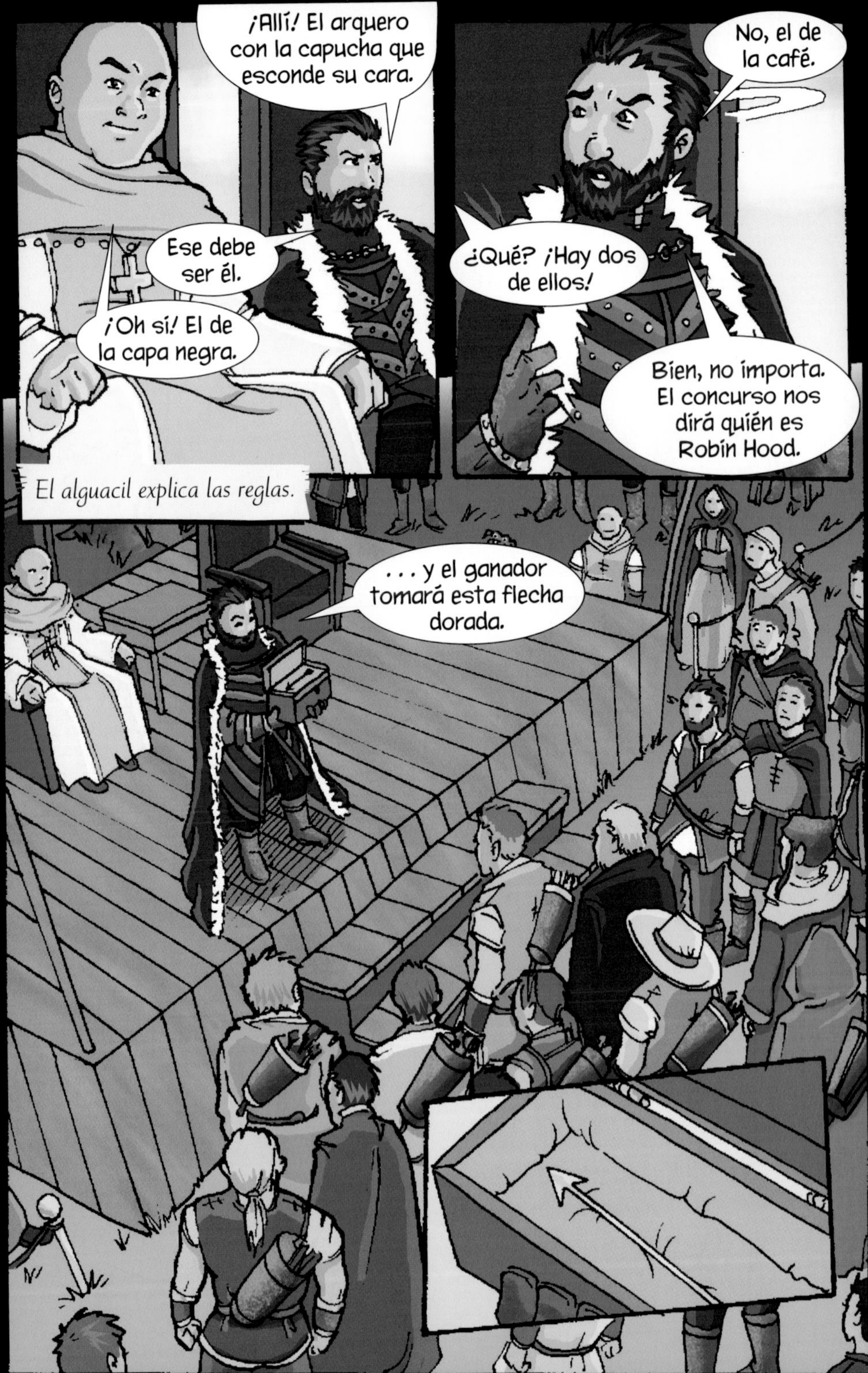
¡Allí! El arquero con la capucha que esconde su cara.
Ese debe ser él.
¡Oh sí! El de la capa negra.
No, el de la café.
¿Qué? ¡Hay dos de ellos!
Bien, no importa. El concurso nos dirá quién es Robin Hood.
El alguacil explica las reglas.
. . . y el ganador tomará esta flecha dorada.

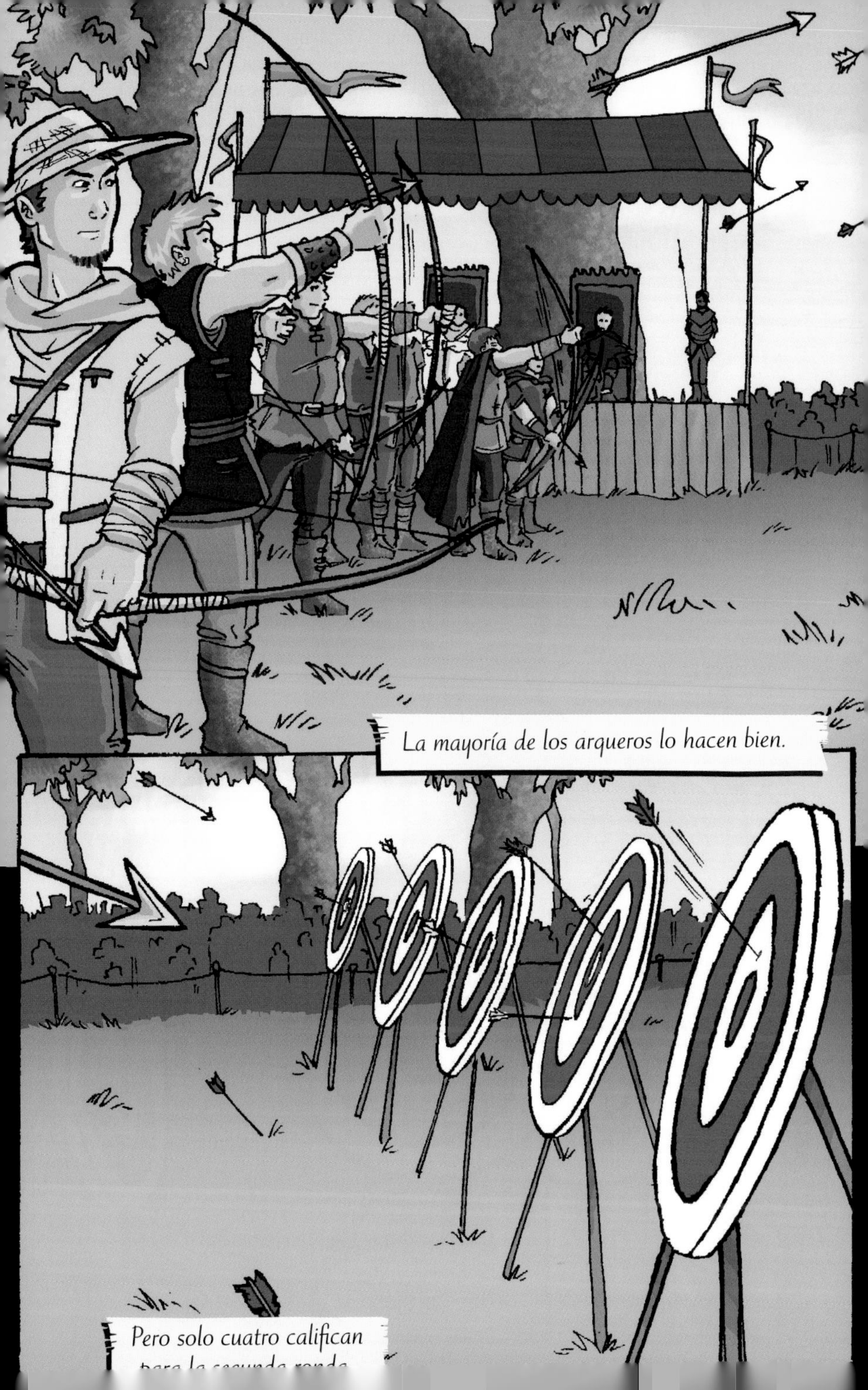
La mayoría de los arqueros lo hacen bien.
Pero solo cuatro califican

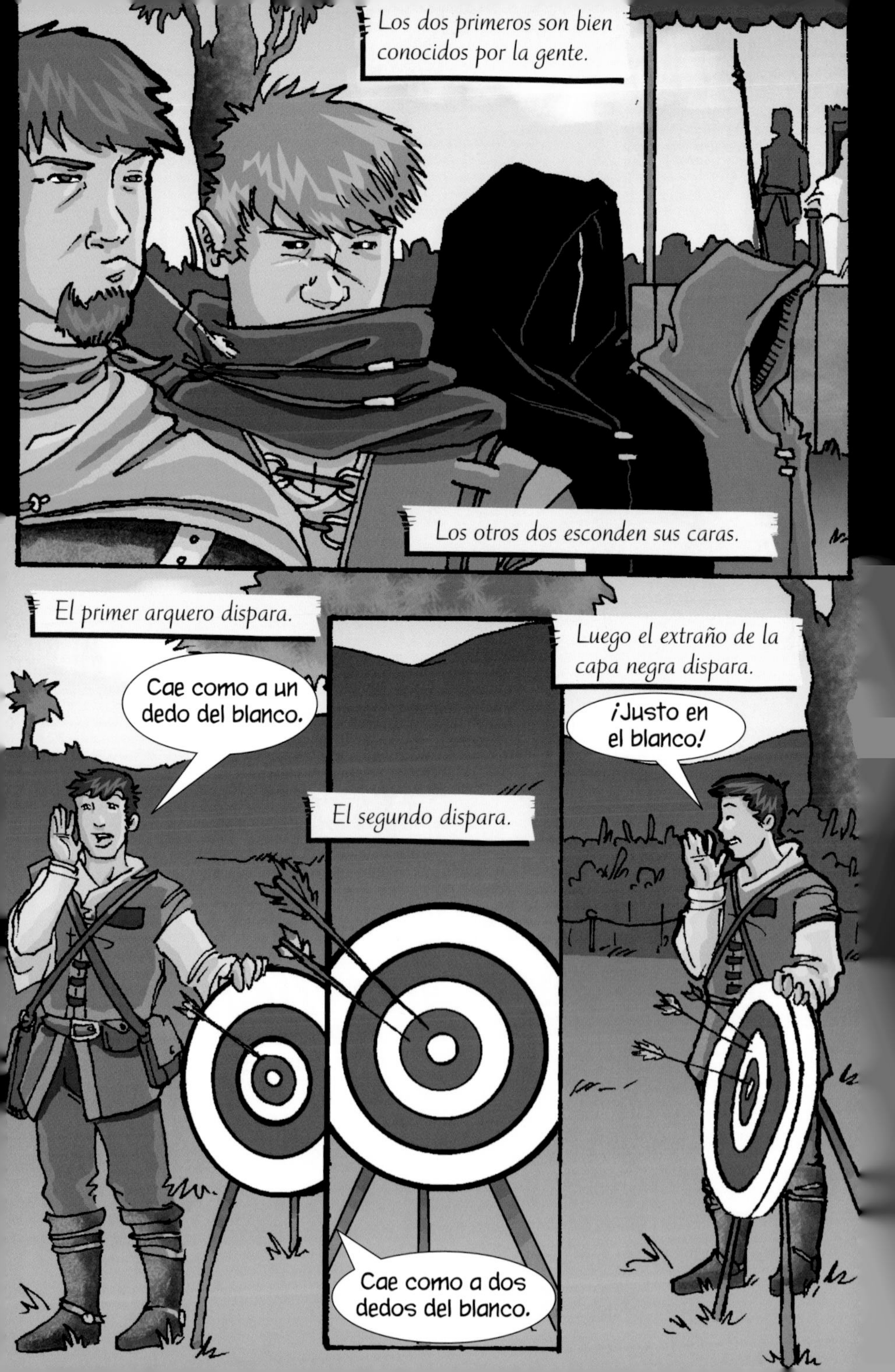
Los dos primeros son bien conocidos por la gente.
Los otros dos esconden sus caras.
El primer arquero dispara.
Cae como a un dedo del blanco.
El segundo dispara.
Cae como a dos dedos del blanco.
Luego el extraño de la capa negra dispara.
¡Justo en el blanco!

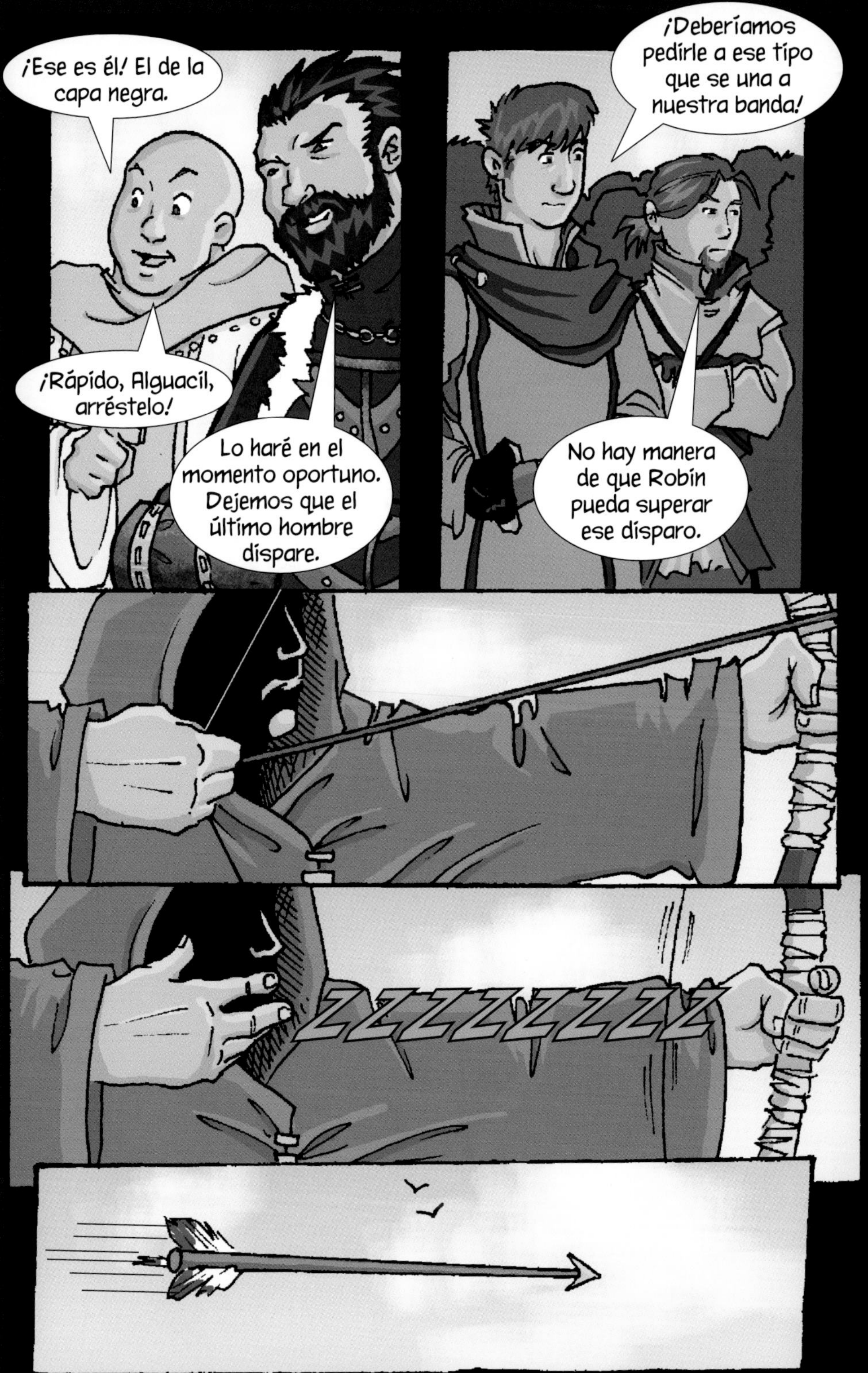
¡Ese es él! El de la capa negra.
¡Rápido, Alguacil, arréstelo!
Lo haré en el momento oportuno. Dejemos que el último hombre dispare.
¡Deberíamos pedirle a ese tipo que se una a nuestra banda!
No hay manera de que Robin pueda superar ese disparo.
ZZZZZZZZZ

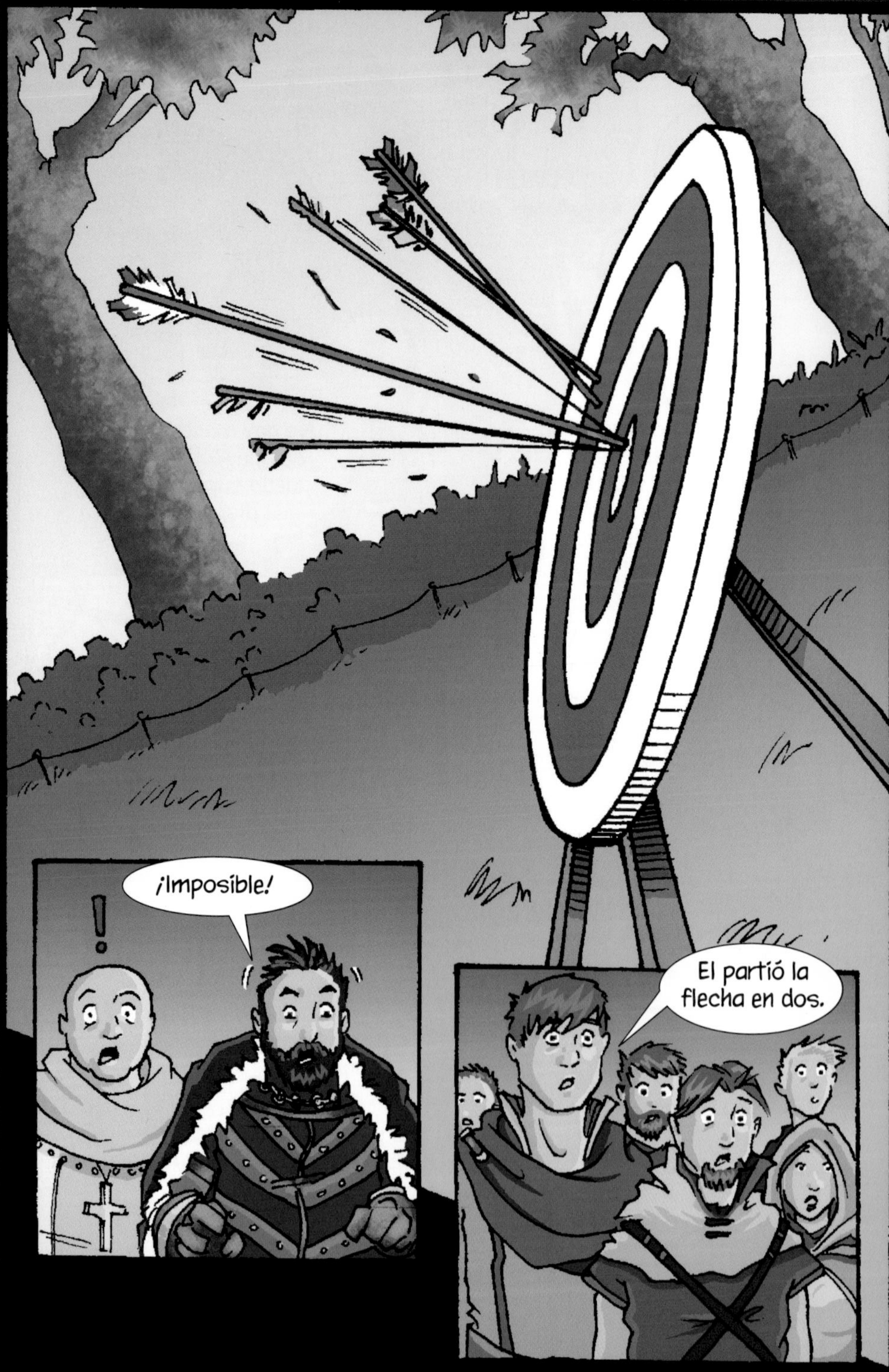
!
¡Imposible!
El partió la flecha en dos.

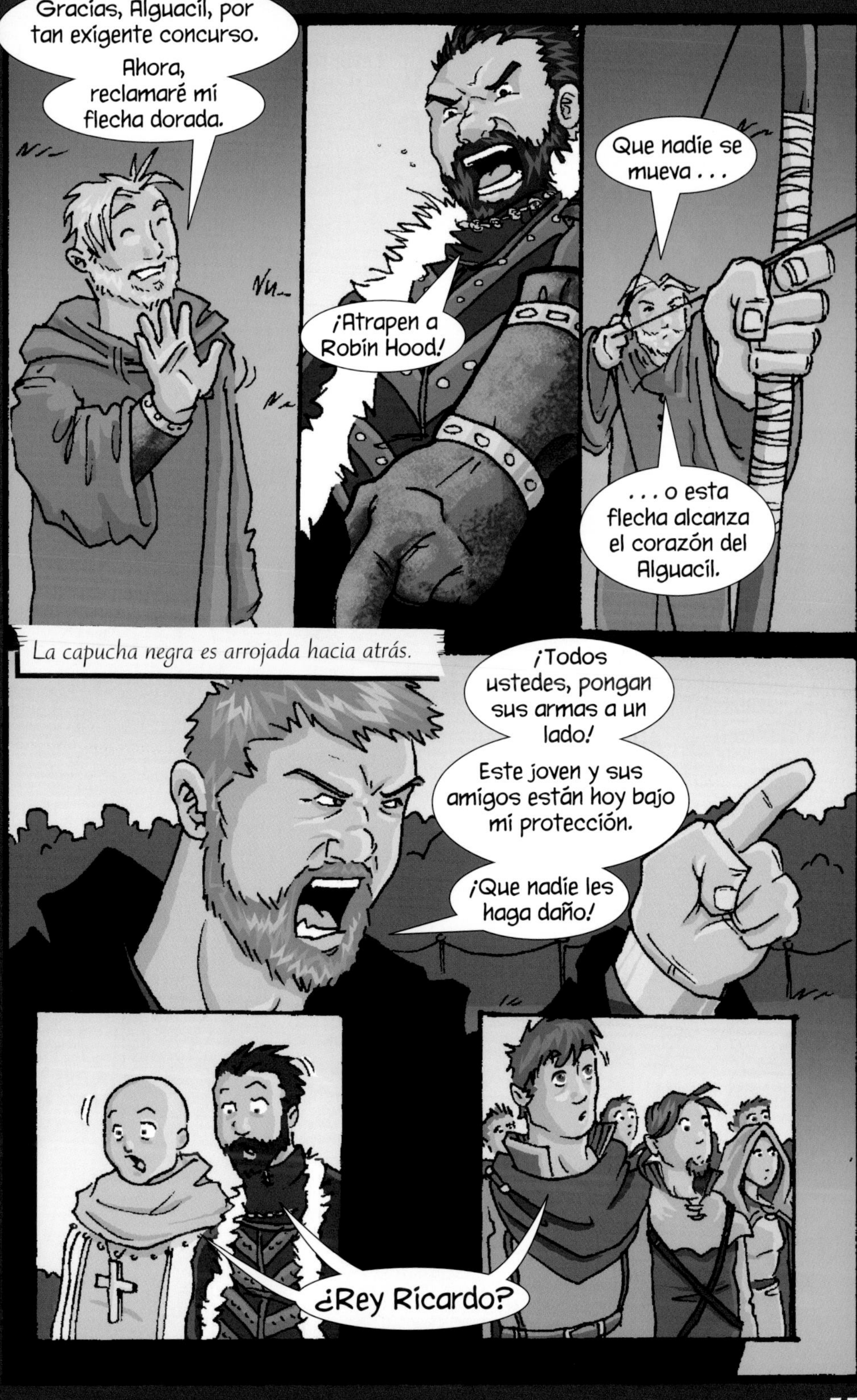
Gracias, Alguacil, por tan exigente concurso.
Ahora, reclamaré mi flecha dorada.
¡Atrapen a Robin Hood!
Que nadie se mueva . . .
. . . o esta flecha alcanza el corazón del Alguacil.
La capucha negra es arrojada hacia atrás.
¡Todos ustedes, pongan sus armas a un lado!
Este joven y sus amigos están hoy bajo mi protección.
¡Que nadie les haga daño!
¿Rey Ricardo?

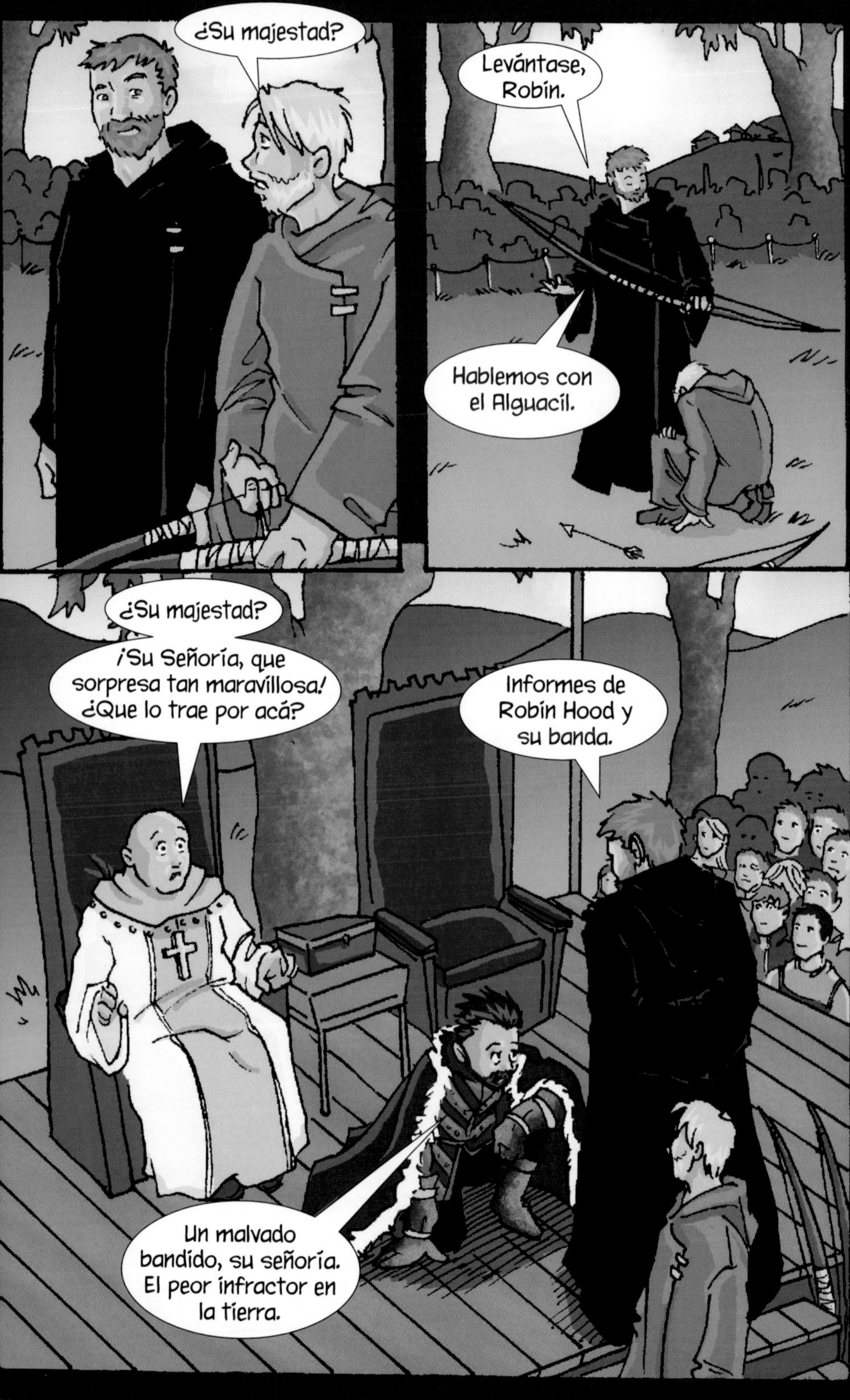
¿Su majestad?
Levántase, Robin.
Hablemos con el Alguacil.
¿Su majestad?
¡Su Señoría, que sorpresa tan maravillosa! ¿Que lo trae por acá?
Informes de Robin Hood y su banda.
Un malvado bandido, su señoría. El peor infractor en la tierra.

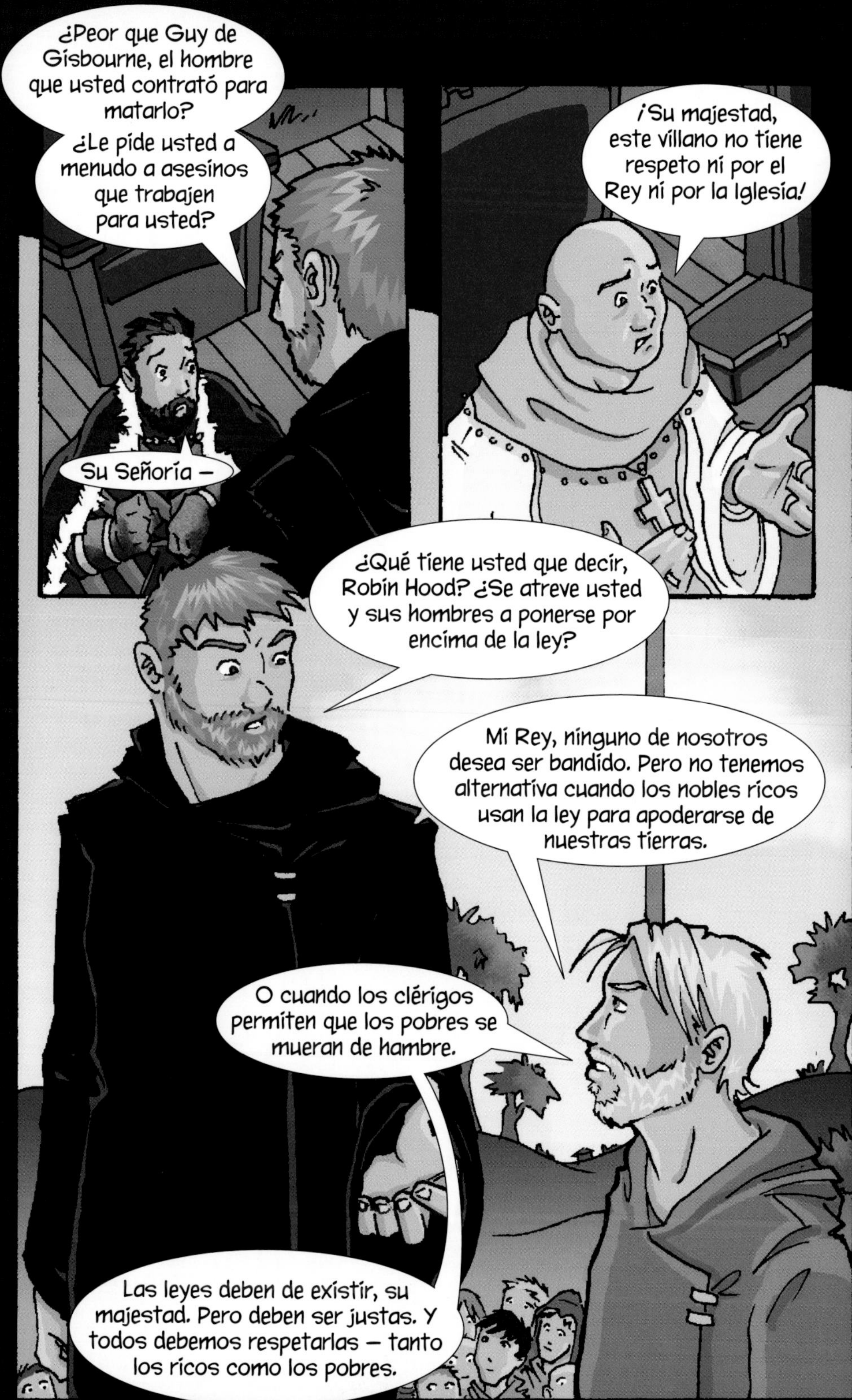
¿Peor que Guy de Gisbourne, el hombre que usted contrató para matarlo?
¿Le pide usted a menudo a asesinos que trabajen para usted?
Su Señoría –
¡Su majestad, este villano no tiene respeto ni por el Rey ni por la Iglesia!
¿Qué tiene usted que decir, Robin Hood? ¿Se atreve usted y sus hombres a ponerse por encima de la ley?
Mi Rey, ninguno de nosotros desea ser bandido. Pero no tenemos alternativa cuando los nobles ricos usan la ley para apoderarse de nuestras tierras.
O cuando los clérigos permiten que los pobres se mueran de hambre.
Las leyes deben de existir, su majestad. Pero deben ser justas. Y todos debemos respetarlas – tanto los ricos como los pobres.

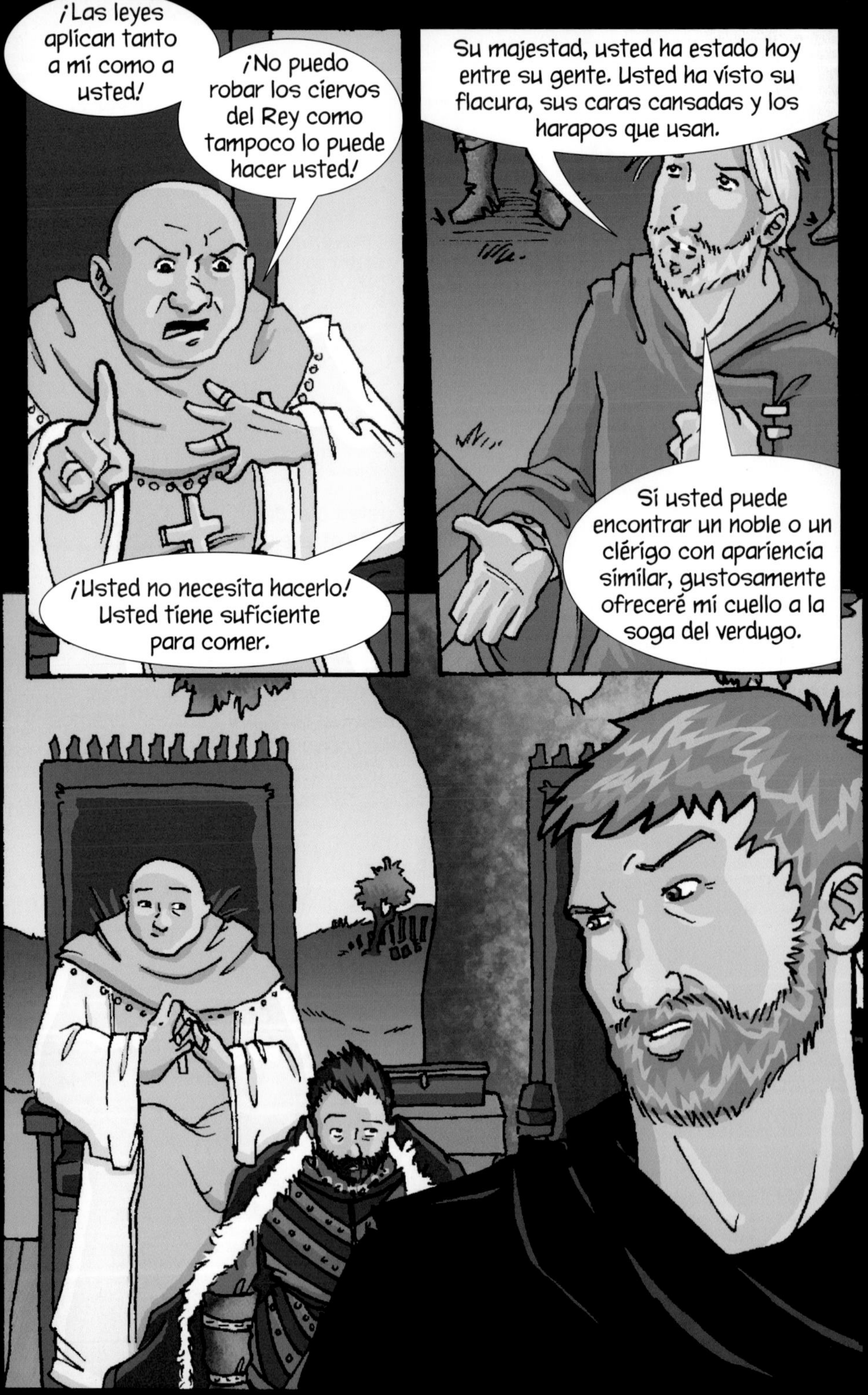
¡Las leyes aplican tanto a mí como a usted!
¡No puedo robar los ciervos del Rey como tampoco lo puede hacer usted!
¡Usted no necesita hacerlo! Usted tiene suficiente para comer.
Su majestad, usted ha estado hoy entre su gente. Usted ha visto su flacura, sus caras cansadas y los harapos que usan.
Si usted puede encontrar un noble o un clérigo con apariencia similar, gustosamente ofreceré mi cuello a la soga del verdugo.

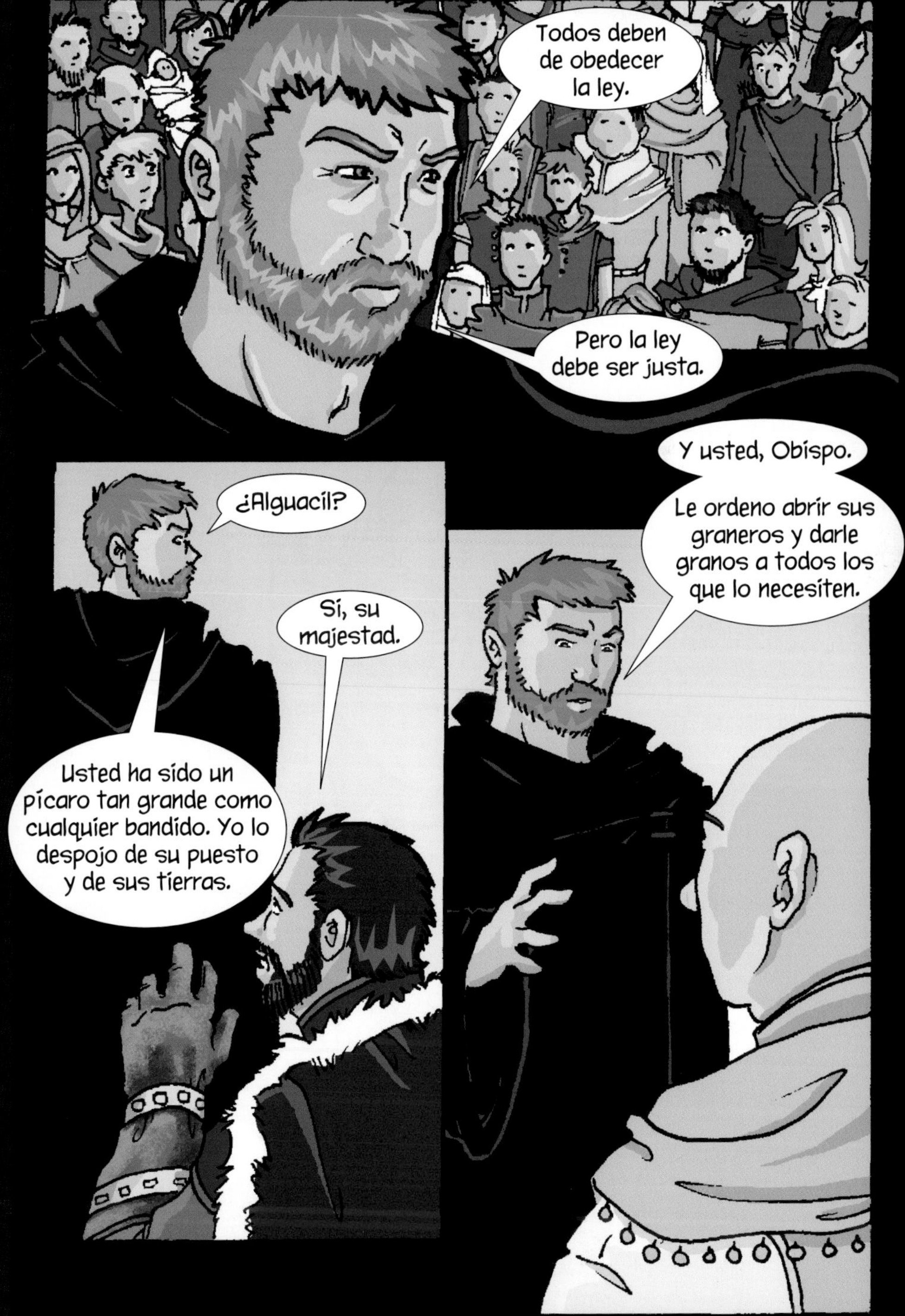
Todos deben de obedecer la ley.
Pero la ley debe ser justa.
¿Alguacil?
Sí, su majestad.
Usted ha sido un pícaro tan grande como cualquier bandido. Yo lo despojo de su puesto y de sus tierras.
Y usted, Obispo.
Le ordeno abrir sus graneros y darle granos a todos los que lo necesiten.

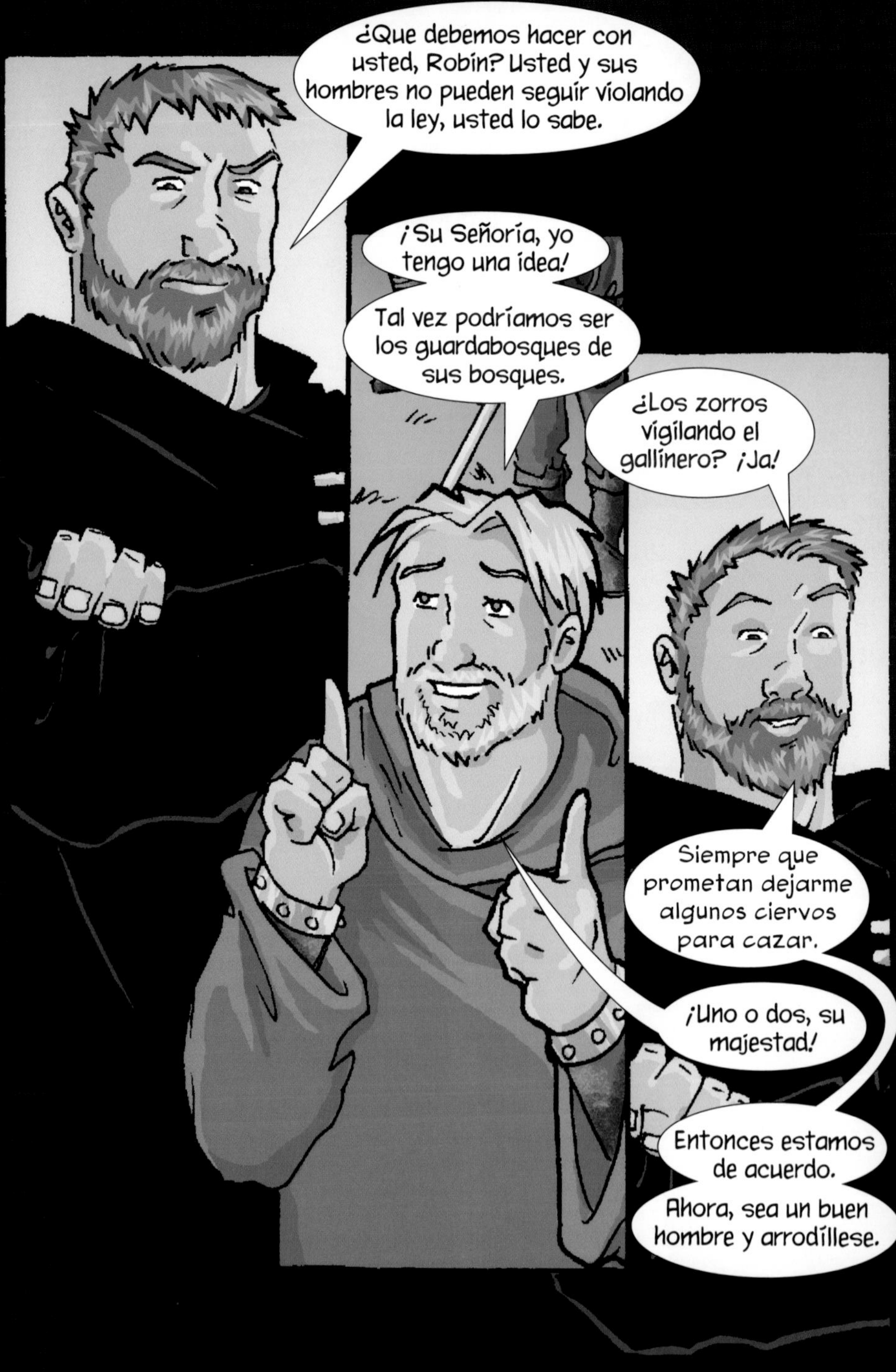
¿Que debemos hacer con usted, Robin? Usted y sus hombres no pueden seguir violando la ley, usted lo sabe.
¡Su Señoría, yo tengo una idea!
Tal vez podríamos ser los guardabosques de sus bosques.
¿Los zorros vigilando el gallinero? ¡Ja!
Siempre que prometan dejarme algunos ciervos para cazar.
¡Uno o dos, su majestad!
Entonces estamos de acuerdo.
Ahora, sea un buen hombre y arrodíllese.

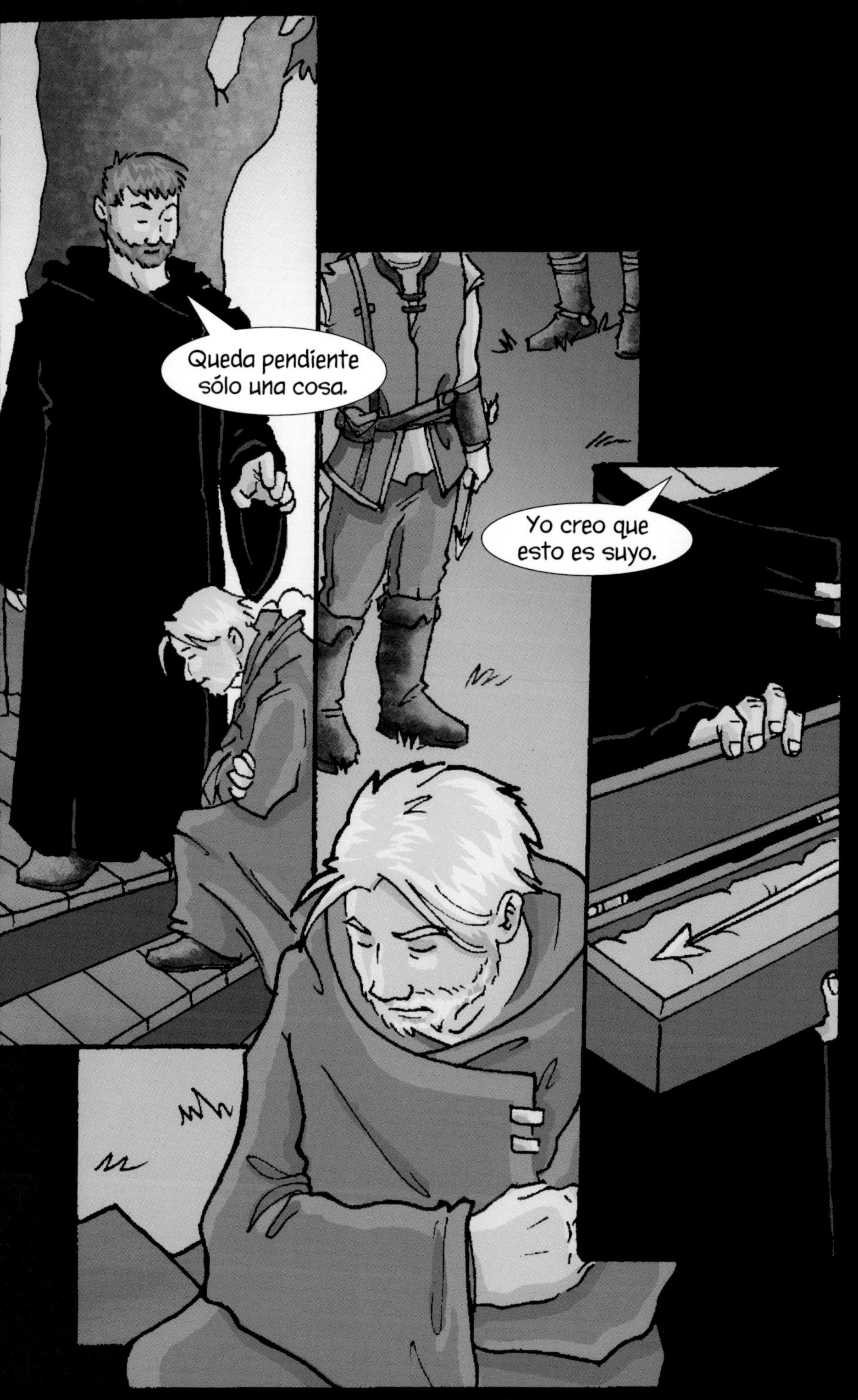
Queda pendiente sólo una cosa.
Yo creo que esto es suyo.

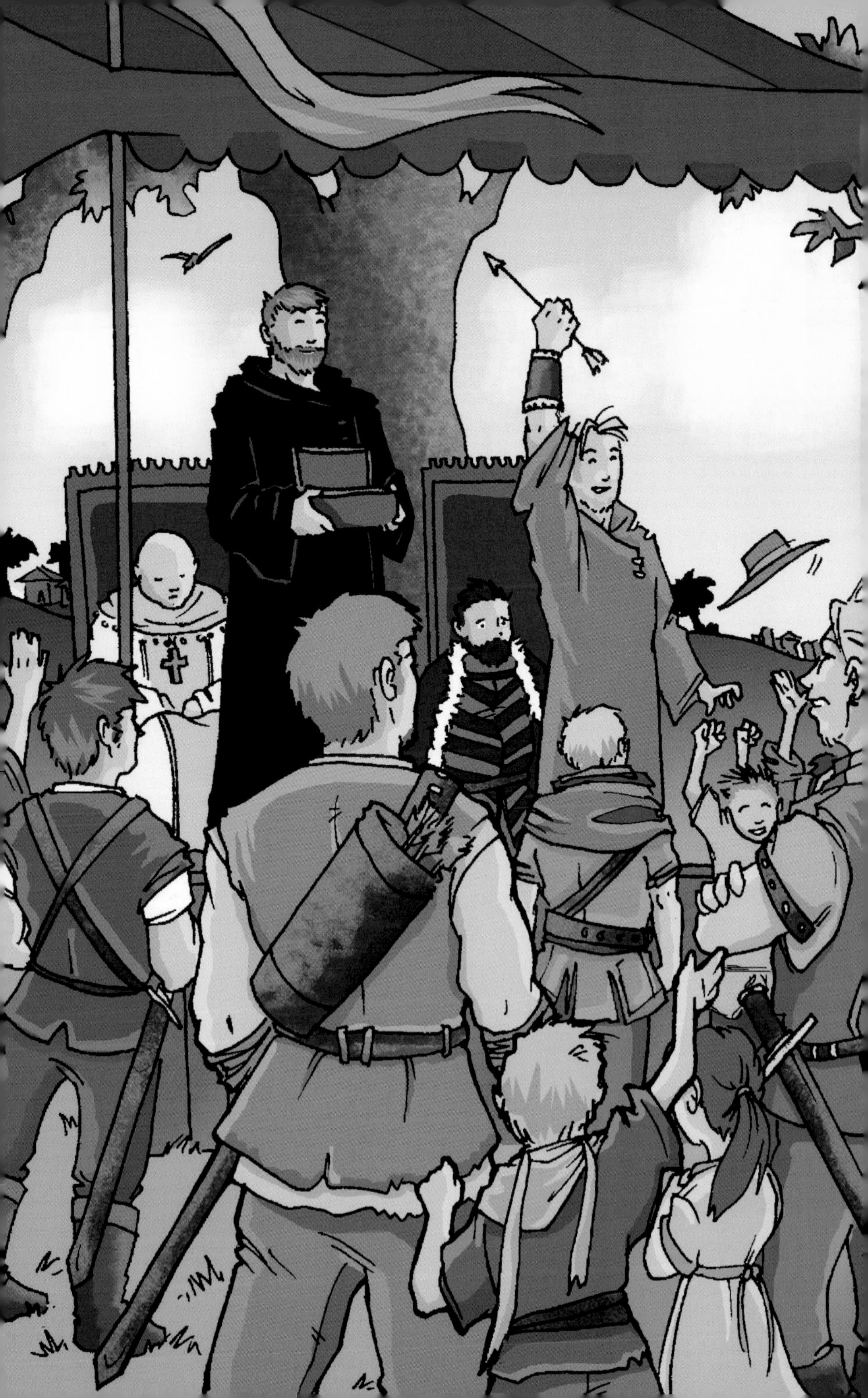

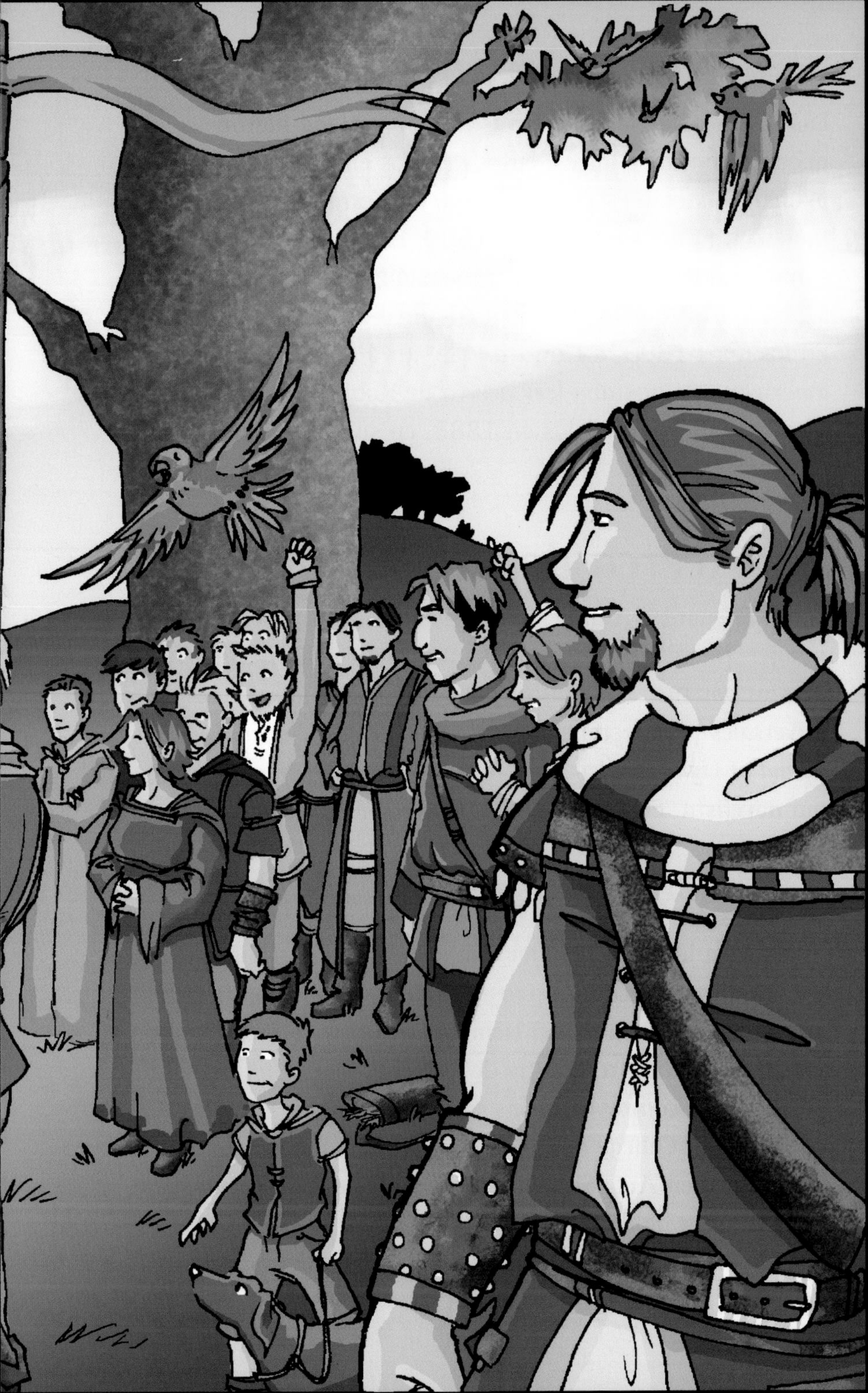

# Acerca de Robin Hood

Las historias de las aventuras de Robin Hood fueron primero contadas hace cientos de años en Inglaterra. La primera historia escrita conocida, *La Gesta de Robin Hood*, fue escrita alrededor del año 1500. La palabra "gesta" significa hazaña. Esta primera versión incluye a la Doncella Marian, al Pequeño Juan y al Alguacil de Nottingham. En los años 1800, a Howard Pyle, un ilustrador y escritor americano, le gustaba leer acerca de Robin Hood. El recontó estas populares historias en 1883, en su libro *Las Alegres Aventuras de Robin Hood*.

# Acerca del Narradores

Aaron Shepard y Anne L. Watson son un equipo de marido y mujer que escriben. Aaron es un autor que ha recibido premios por sus recuentos de cuentos tradicionales y clásicos universales para lectores jóvenes. Sus libros incluyen *The Legend of Lightning Larry* y *The Sea King's Daughter*. Anne es una novelista. Ellos viven en Olimpia, Washington.

# Acerca del Ilustrador

Cuando era joven, a Jennifer Tanner le gustaba dibujar tiras cómicas acerca de perros que tuvieron aventuras espectaculares a través del tiempo y del espacio, encontrando criaturas extrañas a lo largo del camino. Nunca ha perdido ese amor por contar historias con ilustraciones. Estudió en Savannah College of Art and Design, donde recibió su licenciatura en Arte Secuencial. Hoy ella se dedica a ilustrar muchos libros de tiras cómicas.

# Glosario

**abadía** —lugar donde viven los hombres y mujeres religiosos

**bandido** —una persona que desobedece la ley y esta escondido

**bastón** —un palo o caña que su usa para caminar

**diezmo** —una parte del ingreso de una familia o de la cosecha que la iglesia cobra para mantener a sus sacerdotes y obispos

**fraile** —un hombre cuyo trabajo es servir a Dios y a la iglesia; monje es otro nombre para fraile

**hambriento** —muriéndose debido a falta de alimento

**libra** —la unidad monetaria inglesa

**novio** —un hombre que esta a punto de casarse o que se acaba de casar

**obispo** —el líder de las iglesias en una zona; los sacerdotes en las diferentes iglesias le reportan al obispo

**tiro con arco** —un deporte que usa el arco y las flechas para pegarle a un blanco

**trovador** —una persona que trabaja como cantante o toca un instrumento musical

# Antecedentes de Robin Hood

El Bosque de Sherwood, el escenario para el cuento de
Robin Hood, es un bosque que aún existe en Inglaterra.
Sin embargo, el bosque hoy, es un lugar muy diferente de
lo que fue al final de los 1100. En ese entonces, el bosque
pertenecía al rey de Inglaterra.

Solo él y otros nobles podían cazar ahí. Los alguaciles, frailes
y obispos cobraban impuestos y diezmos de la gente que
vivía en las comunidades cercanas al Bosque de Sherwood.
La mayoría eran agricultores pobres que trabajaban duro
para alimentar a sus familias. Esta gente dependía de los
productos del bosque – desde la madera para la calefacción
y el albergue hasta de las plantas y animales salvajes para
su alimentación. Mucha gente cazaba ilegalmente para
proveer a sus familias con alimento, a pesar de que podrían
ser ahorcados por violar la ley. Aquellos que estaban en
problemas con la ley, como Robin Hood, a menudo se
escondían en lo profundo del bosque.

La historia de Robin Hood, cierta o no, le dió esperanza a
la gente de que una forma tan injusta de vivir podría tener
un fin.

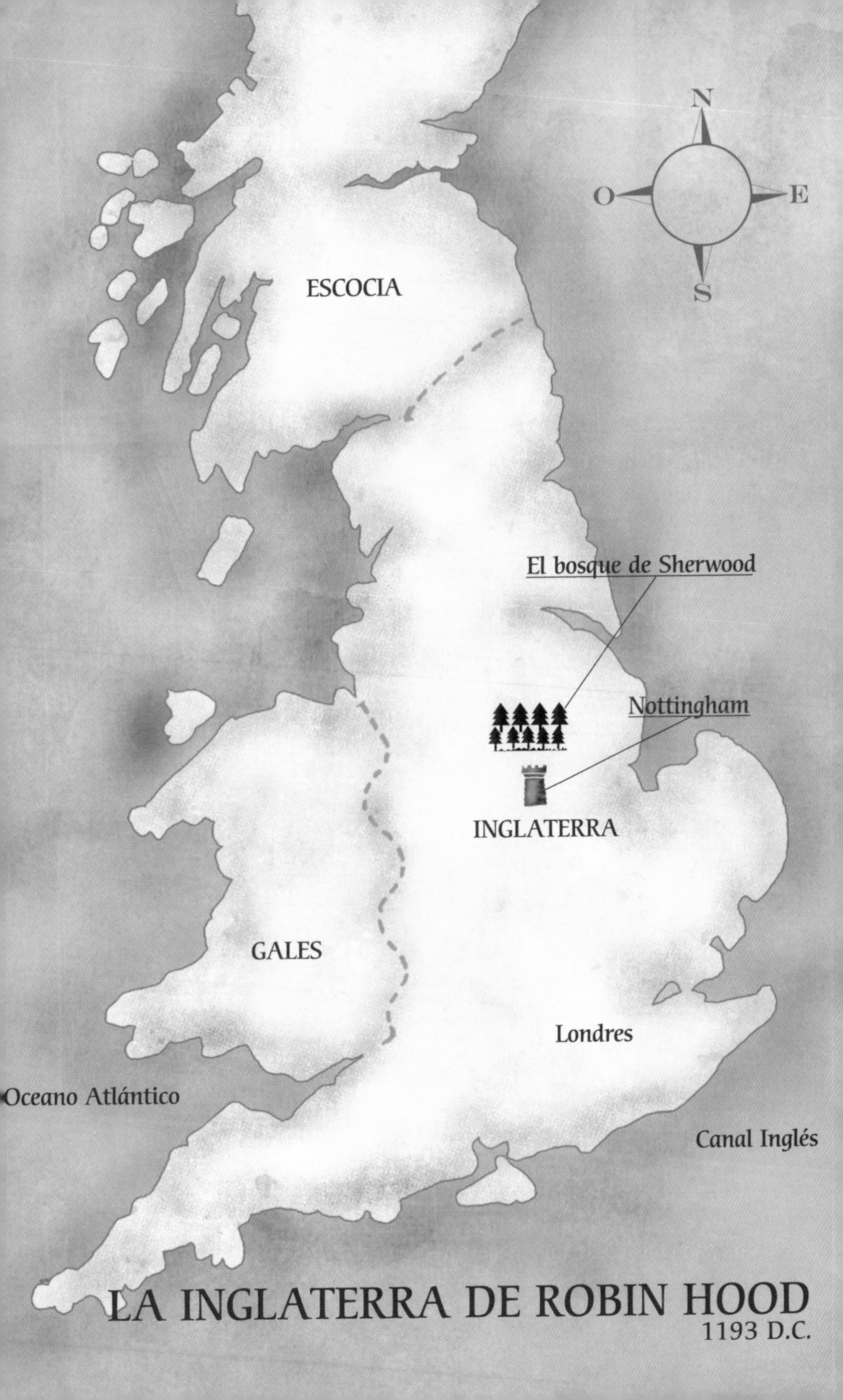
N
O
E
S
ESCOCIA
El bosque de Sherwood
Nottingham
INGLATERRA
GALES
Londres
Oceano Atlántico
Canal Inglés

# LA INGLATERRA DE ROBIN HOOD

1193 D.C.

# Preguntas para Discutir

1. ¿Por qué Robin Hood robaba a los ricos y le daba a los pobres? ¿Usted piensa que eso era justo? ¿Por qué si o por qué no?

2. ¿Por que la gente se unía a la banda de ladrones de Robin Hood?

3. Que pasaría si hubiese hoy una persona que viviese como Robin Hood, robándole a los ricos y dándole el dinero a la gente pobre. ¿Lo perseguiría la policía? ¿Estaría su cara en los noticieros de televisión? ¿Le gustaría unirse a la banda de el? Explique su respuesta.

# Ideas para Escribir

1. En vez de robarle a lo ricos, haga una lista de cosas que usted puede hacer ahora para ayudar a los pobres en su comunidad.

2. Robin Hood era muy bueno para el tiro con arco. Describa un deporte o actividad que usted hace bien.

3. El Rey Ricardo gobernó sobre un reinado que tenía gente muy rica y gente muy pobre viviendo en el. ¿Si usted fuera el rey o la reina de un país como este, que haría para hacer la vida más justa para cada uno? ¿Tiene usted ideas sobre como ser un buen gobernante?

# Otros Novelas Gráficas

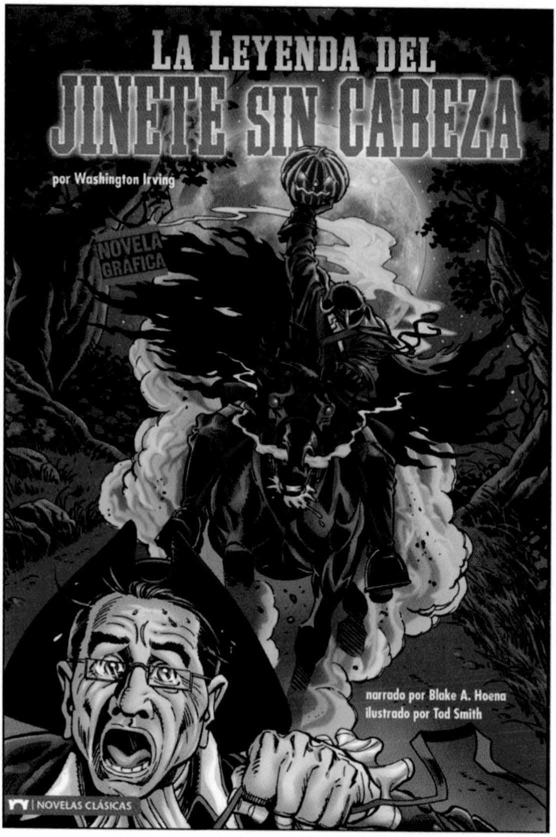

LA LEYENDA DEL
JINETE SIN CABEZA
por Washington Irving
NOVELA GRAFICA
narrado por Blake A. Hoena
ilustrado por Tod Smith
NOVELAS CLÁSICAS


**La Leyenda del Jinete sin Cabeza**

*¡Un jinete sin cabeza atormenta a Sleepy Hollow! Por lo menos esa es la leyenda en el pequeño pueblo de Tarrytown. Sin embargo, los cuentos de miedo no detendrán al nuevo director de la escuela, Ichabod Crane, de cruzar la 'hondonada', especialmente por que la bella Katrina Balt vive en el otro lado. ¿Logrará Ichobod llegar a su amada o descubrirá que la leyenda del Jinete sin Cabeza en efecto es verdadera?*

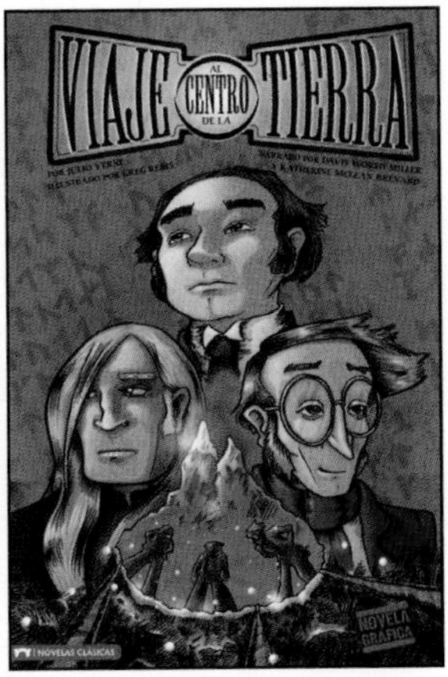
VIAJE AL CENTRO DE LA TIERRA
NOVELA GRÁFICA
NOVELAS CLÁSICAS

## Viaje al Centro de la Tierra

*Axel Lidenbrock y su tío encuentran un mensaje dentro de un libro de más de 300 años. ¡La nota describe un pasaje secreto al centro de la tierra! Poco después ambos descienden a lo más profundo del volcán con la ayuda de Hans, su guía. Juntos descubren ríos subterráneos, océanos, extrañas rocas, y monstruos prehistóricos. Pero también descubren peligros que podrían atraparlos bajo la superficie de la tierra para siempre.*

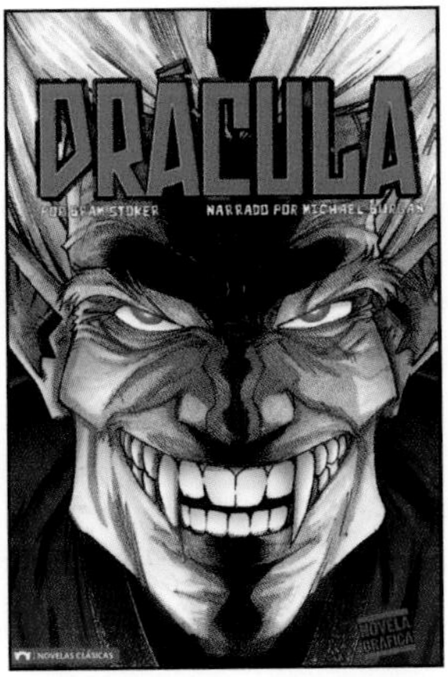
DRÁCULA
NARRADO POR MICHAEL BURGAN
NOVELA GRÁFICA
NOVELAS CLÁSICAS

## Drácula

*En un viaje de negocios a Transilvania, Jonathan Harker se hospeda en un castillo misterioso que le pertenece a un hombre llamado Conde Drácula. Cuándo comienzan a suceder cosas extrañas, Harker decide explorar el castillo, ¡y encuentra al Conde durmiendo en un féretro! Harker se encuentra en peligro, y cuando el Conde se escapa a Londres, también sus amigos.*